Juliette Traniony.

MEURTRE AU LYCÉE

MEURTRE AU LYCÉE

GENEVIÈVE SENGER

RAGEOT • ÉDITEUR

ISBN 2-7002-2909-6

1

Agathe traversa rapidement la cour vide et poussa la porte qui ouvrait sur le hall ; arrivée devant les escaliers elle s'arrêta, hypnotisée par la blancheur déserte et silencieuse qui l'entourait. Un blanc morne, livide, immaculé. Une absence totale de couleurs. L'établissement tout entier semblait mort. Elle frissonna et, une fois de plus, maudit l'architecte qui avait imaginé un tel lieu.

– À croire, marmonna-t-elle, qu'il a confondu morgue et lycée...

Elle grimpa les escaliers en courant, elle avait dix minutes de retard, elle allait devoir passer chez le surveillant pour se faire délivrer une autorisation d'entrer en cours. Mais, sans trop savoir pourquoi, Agathe décida de tenter sa chance. Que risquait-elle ? Elle dirait la vérité sur son retard : la veille, elle avait dû se plier à une interview au cours de laquelle elle avait été bombardée de questions. Elle en était sortie épuisée.

Son premier roman.

À présent qu'il était publié elle ne savait plus qu'en penser, mais c'était sans importance puisque les autres pensaient pour elle. Jusqu'à ce jour elle n'avait eu que des critiques élogieuses, parfois même dithyrambiques, et son âge, certainement, y était pour quelque chose. *La plus jeune romancière de France*, avait titré un magazine littéraire à la parution du polar intitulé *Meurtre au lycée*.

Elle posa sa main sur la poignée de la porte. Dur dur de retourner en classe comme une simple lycéenne ! N'était-elle pas à présent bien plus que cela ?

Mais, d'après ses parents, ce statut d'écrivain ne la dispensait pas de se rendre en cours comme n'importe quelle fille de seize ans fréquentant une classe de seconde. Heureusement on était à la fin du troisième trimestre et il ne resterait bientôt plus que deux ans avant de décrocher ce foutu bac.

Ses parents, la veille encore, au téléphone, avaient été formels :

– Attention, Agathe, tu finis le lycée, c'est la moindre des choses ! Jouer à l'écrivain d'accord, à condition que ça n'empiète pas sur tes études !

Le message était clair, et elle l'avait entendu. Pour ses parents, ce roman n'était qu'une bagatelle. Elle qui avait cru les épater !

Ils n'étaient même pas restés pour assister à son succès, un bateau les attendait en Norvège qui les emmènerait faire le tour des fjords jusqu'au cap Nord.

Heureusement Manuela, la femme de ménage, semblait impressionnée par sa prestation et ne manquait pas chaque matin d'exprimer son admiration.

Agathe poussa la porte en soupirant.

Un tonnerre d'applaudissements éclata.

Elle resta plantée sur le seuil et regarda stupidement la prof qui s'avançait vers elle, le visage illuminé d'un large sourire.

– Nous avons craint d'abord que tu ne viennes pas, Agathe, mais heureusement te voilà !

Elle ajouta en désignant les élèves :

– Nous aurions tous été horriblement déçus ! Nous t'avons préparé une petite surprise et sans toi elle serait évidemment tombée à l'eau ! Tu imagines une fête sans son héroïne ?

Agathe acquiesça d'un faible signe de tête, estomaquée par l'accueil auquel elle ne s'attendait pas. L'héroïne de la fête ! Elle avait beau se douter que ce qu'elle avait fait, ce roman, était quelque chose d'exceptionnel, de là à s'entendre traiter d'héroïne ! Elle eut vaguement l'impression que l'aventure allait bien plus loin que ce qu'elle s'était imaginé, et que ce livre l'entraînait sur des chemins qu'elle n'avait pas soupçonnés.

Elle n'avait pourtant pas eu le sentiment d'accomplir un exploit... Tout avait été si simple, finalement, presque évident. Mais jamais elle n'aurait envisagé que la parution de ce roman déchaînerait l'enthousiasme... Après les journalistes, maintenant les élèves.

Un sentiment indéfinissable commençait à la grignoter. Un sentiment d'étrangeté : elle était comme eux, et en même temps l'acte qu'elle avait commis la séparait définitivement des autres.

Elle était devenue différente. Elle ne serait plus des leurs. Une autre vie commençait. Où elle serait seule.

Seule avec ce qu'elle avait fait.

Agathe secoua la tête dans l'espoir de chasser cette pensée. N'était-elle pas l'héroïne, l'écrivain, la romancière ?

Elle sourit, essaya de se composer un visage fier et heureux, resplendissant même. La gorge sèche, elle se força à prononcer de sa voix la plus naturelle :

– Je vous remercie, je ne m'y attendais pas, je suis vach... enfin vraiment contente, j'espère que vous avez tous aimé *Meurtre au lycée*...

– Justement, lança Samuel, nous voulions en parler ce matin, écrire un article sur toi et ton roman dans le dernier numéro de *La Feuille du lycée* qui doit paraître en juin.

Agathe acquiesça d'un signe de tête et avança comme une somnambule jusqu'à la chaise vide qu'elle apercevait à côté de Laura, sa meilleure amie. Too much, pensa-t-elle, mais n'était-il pas trop tard pour reculer ? Jamais plus elle ne pourrait faire comme si son nom ne figurait pas sur la couverture de ce foutu bouquin. Jamais plus.

Il y avait désormais un avant et un après dans sa vie d'adolescente. D'ailleurs était-elle encore une adolescente ? Ne s'était-elle pas brusquement propulsée dans le monde des adultes ? Et n'était-elle pas responsable, pleinement responsable de ce qui lui arrivait ?

Elle n'eut pas le temps de s'appesantir sur ces questions, car la prof lui suggéra de venir au bureau, « à ma place » précisa-t-elle, pour répondre aux questions de ses camarades. Agathe hésita une fraction de seconde, jeta un regard à Laura qui l'encouragea d'un sourire et marcha vers le bureau.

Les questions étaient semblables à celles que lui avaient posées les journalistes du magazine *Paris-France* la semaine précédente et du journal local *L'Est démocrate* la veille, interview qu'elle avait pris le temps de lire le matin même, et qui expliquait en partie son retard.

En s'efforçant de parler lentement, Agathe contempla son auditoire.

Ils étaient tous là, fidèles à ce rendez-vous impromptu. Enfin impromptu pour elle, car eux avaient prémédité l'événement, au vu des boissons et des gâteaux secs qui attendaient près du bureau.

Ils étaient tous là, les visages tendus vers elle, souriants.

Laura, d'abord, l'amie de cœur. Elles s'étaient rencontrées le jour de l'entrée en sixième et une amitié solide, fidèle, était née dès le premier regard. Une connivence parfaite qui faisait des envieux, une union qui n'avait jamais connu aucun accroc. Et qui, apparemment, était destinée à durer, car l'entrée en seconde au mois de septembre n'avait pas réussi à les séparer.

– Qu'est-ce que ça vous, enfin qu'est-ce que ça te fait d'être devenue un écrivain célèbre ? lança une voix, celle de Tristan qui tendait vers Agathe son mince visage surmonté de cheveux hérissés.

Elle prit le parti de plaisanter, sans doute pour surmonter le trouble que cette question suscitait en elle :

– D'abord, tu peux encore me tutoyer jusqu'au prochain bouquin, après j'aurai tellement la grosse tête que je ne pourrai plus vous adresser la parole.

Elle marqua un temps d'arrêt, puis reprit lentement, cherchant ses mots :

– Ensuite, je pense que pour l'instant je suis toujours la même, vous savez, ce bouquin je l'ai écrit un peu par hasard, j'ai parfois l'impression de n'y être pour rien. Et puis, il ne changera pas ma vie, articula-t-elle d'une voix qu'elle voulut assurée. Je n'oublie pas que j'ai seize ans et des études devant moi, le bac, la fac ensuite, et peut-être sera-t-il le premier et le dernier... Je n'ai rien décidé, je n'ai pas fait de plan de carrière.

– Quand même, s'exclama Tristan, les yeux brillants, ce n'est pas donné à tout le monde d'écrire un livre, moi par exemple j'aurais beau essayer, je ne trouverais pas le début du commencement d'une histoire qui tienne debout. Alors ce que je voudrais savoir, et nous tous je pense, c'est comment tu as fait, et pourquoi tu l'as écrit, ce bouquin, qu'est-ce qui t'a donné envie de devenir écrivain...

Elle ne savait plus, elle regardait ces visages qu'elle avait du mal à reconnaître. Elle les connaissait bien pour les voir tous les jours depuis plusieurs mois, elle était capable de mettre un nom sur chacun et brusquement ils lui apparaissaient étrangers, tous.

Celui de Laura surtout qui lui souriait, muette comme toujours ; vissée sur sa chaise, elle ne bougeait pas d'un cil. Sa timidité était telle qu'elle ne levait jamais le doigt pour prendre la parole et qu'elle rougissait même quand on ne s'adressait pas à elle, ce qui donnait à son visage rond cerné de boucles brunes une carnation de coquelicot.

Pour ne pas s'enliser dans le décryptage des raisons qui l'avaient poussée à commettre ce livre – comme on commet un forfait, pensa-t-elle – elle fit bifurquer la conversation vers le roman.

– Les romans sont toujours plus intéressants que ceux qui les écrivent, et un écrivain devrait s'effacer devant son texte, commença-t-elle.

– Est-ce une histoire vraie ? embraya Florian.

Elle se mit à rire, secouant sa chevelure blonde qui vint se plaquer sur son visage.

– Évidemment non, tout a été inventé de bout en bout, même si ça a l'air vrai. Mais le propre du roman c'est de donner une impression de vérité et de réalité...

Elle continua à pérorer, sans pouvoir empêcher le malaise de continuer à s'insinuer en elle. Quelque chose lui serrait le ventre, lui nouait la gorge, qu'elle n'aurait pas avoué, fût-ce sous la torture. Elle décida de l'attribuer au stress. N'était-ce pas la première fois qu'elle faisait la une des journaux ? Devenir une héroïne demandait un certain contrôle de soi, et elle se dit qu'à force de volonté elle s'habituerait à sa nouvelle situation, qu'elle finirait par la gérer.

De toute façon, elle n'avait pas le choix, elle ne pouvait pas faire marche arrière... elle ne pouvait pas faire comme si ce roman n'avait pas été écrit et publié.

Agathe se pencha en avant, comme écrasée. Le poids du livre qui pesait sur elle, peut-être. Une bouffée de colère l'envahit. Pourquoi avait-elle fait ça ? Pourquoi s'était-elle mis ce fardeau sur le dos ? Elle qui avait tout pour être heureuse, pourquoi avait-elle mis le doigt dans l'engrenage ?

Elle secoua la tête en se disant qu'elle avait de la chance, au contraire. La chance d'occuper le devant de la scène, de briller en public, de susciter l'intérêt voire l'engouement. N'était-ce pas ce qu'elle avait secrètement espéré en envoyant le manuscrit aux éditions Gaillard ? Espéré sans toutefois y croire, et voilà que cet espoir diffus se réalisait...

Elle jeta un regard en direction de Laura, mais ne trouva qu'une place vide.

Sans doute s'était-elle rendue aux toilettes – la jeune fille souffrait de troubles urinaires et bénéficiait de permissions de sortie impromptues. Elle s'esquivait souvent, et elle savait se montrer si discrète que ses escapades passaient inaperçues.

– Un enseignant assassin, ce n'est pas courant, hasarda Mme Dunois, on n'en rencontre pas beaucoup dans les romans policiers, alors qu'est-ce qui t'a donné cette idée ? Pourquoi un prof, pourquoi un lycée, pourquoi une élève ?

Un murmure parcourut la salle. Comme une jubilation secrète. Agathe entendit :

– Normal, c'était un prof de physique, ils sont tous barjos, il n'y a qu'à voir le nôtre !

Mme Dunois frappa dans ses mains pour rétablir un semblant de silence assassiné par des chuchotements et des rires étouffés. Agathe avait touché un point sensible. Un prof tueur et finalement tué, à la dernière page, exprimait ce qu'ils ressentaient confusément. Les profs n'existaient-ils pas uniquement pour les « tuer » d'ennui, en les obligeant à demeurer des années entières cloués sur leurs chaises à tendre l'oreille et à ingurgiter des connaissances dont l'utilité, souvent, leur échappait ? Ne tuaient-ils pas, impunément, à longueur de cours, leur soif de liberté ?

Ce fut Céline qui conclut :

– Il n'a eu que ce qu'il méritait, on a toujours ce que l'on mérite. Il a payé. On finit toujours par payer. En tout cas, c'était un sale type, un type qui tue les élèves en leur refilant de la merde ! Qui profite de son statut de prof pour monter une filière de drogue ! Tu ne l'as pas loupé, Agathe, bravo !

Un silence s'ensuivit.

Les paroles de Céline s'insinuaient subrepticement dans les esprits et Agathe, devant ces visages graves, ne put s'empêcher de penser que son roman n'était pas aussi anodin qu'elle l'avait d'abord cru.

Elle se sentait vraiment mal maintenant. Le malaise grandissait, prenait de la place, s'installait en elle. À cela s'ajoutait la barre qui écrasait son ventre. Elle avait été si excitée par la lecture du journal qui relatait l'interview de la veille qu'elle n'avait rien pu avaler. Elle s'était repue de l'article, à défaut de nourritures plus tangibles, et elle payait le prix.

Comme l'avait dit Céline, on paie toujours. Ces paroles lui collaient à la peau et, pour ne pas s'effondrer devant la classe entière elle profita de l'agitation générale – Mme Dunois aidée de quelques élèves disposait les verres et les bouteilles de jus de fruits sur le bureau, pendant que d'autres ouvraient les paquets de gâteaux et les vidaient dans des assiettes en carton –, pour s'éclipser en douce.

Une fois la porte refermée dans son dos, elle poussa un soupir de soulagement. Dehors ! Loin de la cage aux fauves ! Loin des questions, des regards, des sourires !

Elle se dirigea vers les toilettes. En chemin, elle décida de passer par le hall où elle savait trouver un distributeur. Elle prendrait une boisson chocolatée pour apaiser ses douleurs d'estomac et son malaise disparaîtrait. Fraîche et détendue, elle reviendrait dans la salle de cours pour participer aux réjouissances. Étant l'héroïne de la fête, elle se devait d'être présente.

Rien ne se passa comme elle l'avait prévu. Dans le hall, le distributeur arborait une pancarte : « Appareil momentanément hors service. » Agathe ne put s'empêcher de donner un coup de pied à la machine. Il ne lui restait plus qu'à faire demi-tour, le ventre vide, et à aller festoyer avec les autres.

Ce fut dans le couloir du premier étage que l'idée lui vint. Envoyer un mini-message à Guillaume.

Il le recevrait en plein cours de maths, dans la salle du second étage où il se trouvait en ce moment. Agathe connaissait l'emploi du temps de son petit ami. Et elle savait qu'il aimait recevoir ces courts S.M.S. qui s'affichaient sans bruit sur son écran et qu'il pouvait consulter à l'abri des regards du professeur.

Elle extirpa son portable de sa poche.

Elle avait reçu un message.

Elle le lut. Le relut. S'adossa contre le mur pour reprendre son souffle. Elle sentit le crépi entrer dans son dos à travers le chemisier, mais elle ne se dégagea pas de l'étreinte du mur. Au contraire elle se pressa davantage contre la surface rugueuse, comme si elle avait voulu entrer dans le béton et y disparaître.

petite conne t'a pa biento fini de fair chié le monde arêt tes coneries ne jou + à l'écriv20 tu risk ta po

Elle frissonna. Appuya nerveusement sur les touches du téléphone et poussa un petit cri. Le message venait de Guillaume. Il n'y avait aucun doute : elle avait enregistré le numéro de son ami, et la mémoire du téléphone ne se trompait pas.

Elle s'affaissa, serrant convulsivement le minuscule appareil contre elle. Comment Guillaume pouvait-il lui envoyer de telles horreurs ? S'il avait voulu la faire rire, elle riait jaune !

Confusément, l'idée que ce message était tout autre chose qu'une blague de mauvais goût suivait son chemin. Comment Guillaume avait-il pu faire une chose pareille ? Il n'ignorait pas le fonctionnement des portables, le système de mémoire qui enregistrait les appels et les correspondants, et qui faisait des téléphones des mouchards efficaces.

Agathe enfouit l'appareil dans sa poche. Elle en aurait bientôt le cœur net. Le temps de rentrer en classe comme si de rien n'était, d'avaler un verre de jus de fruit et de grignoter un bretzel. Après, tout irait mieux. On réfléchit mieux quand on a le ventre plein.

Ensuite elle verrait Guillaume. Il lui expliquerait, et tout deviendrait limpide. Et la menace qu'elle sentait sourdre s'évanouirait. Il n'en resterait rien.

Rien, se répéta-t-elle en pénétrant dans la salle de classe où on ne l'avait pas attendue pour fêter l'héroïne du jour.

Des livres, ses livres, étaient éparpillés sur les tables entre des cacahuètes salées et des verres vides. Un exemplaire gisait sur le sol, que personne ne songeait à ramasser. Elle se pencha pour le saisir, l'agrippa, voulut se relever, mais irrésistiblement le plancher l'attira et elle s'écroula dans un bruit qui annonçait la fin du monde. Ou le début d'une autre vie.

En atteignant le sol, elle était convaincue que le message était tout sauf une blague.

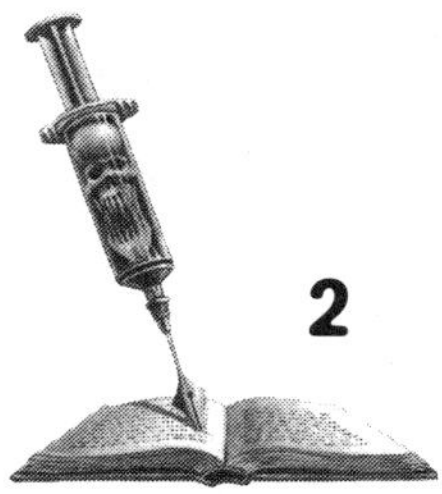

2

Agathe rouvrit les yeux. Au-dessus d'elle, elle aperçut le visage de Laura et, juste à côté, celui, inquiet, de Mme Dunois, si proches l'un de l'autre qu'Agathe, une fraction de seconde, crut que les deux paires de prunelles appartenaient à une seule personne. Elle poussa un gémissement qui provoqua un mouvement des quatre yeux. Agathe se mordit les lèvres. Que s'était-elle imaginé ? Qu'une tête hybride, monstrueuse, voulait l'attirer à elle et l'engloutir dans sa bouche ouverte ?

La prof posa sa main sur le bras de la jeune fille.

– Tu t'es évanouie, tu fais certainement un peu d'hypoglycémie comme beaucoup d'ados qui ne prennent pas le temps de manger le matin… Ce n'est pas la première fois que ça m'arrive de ramasser un élève qui tombe dans les pommes !

Agathe accepta la main tendue et se releva. Mme Dunois avait raison, elle sentait son ventre gargouiller.

Laura lui tendit un verre de jus d'orange qu'elle avala d'une traite. Le monde lui sembla légèrement moins blanc, plus coloré qu'à l'instant où, attirée par le sol, elle s'était laissé happer par l'inconnu.

L'inconnu. Ce mot lui rappela le S.M.S. Guillaume, qu'elle croyait si bien connaître, était-il finalement un inconnu, une personne capable d'actes et de pensées qu'elle ne pouvait comprendre ?

– Qu'est-ce qui ne va pas, Agathe ? C'est ta fête et on dirait que tu assistes à un enterrement ! prononça une voix.

Agathe releva la tête et devina dans les regards fixés sur elle des reproches. Oui, tout le monde pensait comme cette voix qui osait exprimer l'opinion générale : elle aurait dû rire, se réjouir, participer à la liesse – c'était tout de même son succès qu'on fêtait ! Et elle n'arrivait pas, malgré tous ses efforts, à oublier… oublier qu'elle avait commis ce livre, un livre de trop pensa-t-elle instinctivement, et maintenant ce message qui s'était gravé de manière indélébile dans sa mémoire…

Ce n'était, elle le pressentait confusément, que le début. Elle les regarda, se mordit les lèvres pour ne pas parler, ne pas pleurer.

Elle était seule. Elle se força à sourire.

– C'est l'émotion, justement, vous ne savez pas ce que c'est, vous…

Ils se turent. Non, ils ne savaient pas.

Agathe saisit un gâteau qui se trouvait à sa portée et se mit à le grignoter. Heureusement la sonnerie retentit. La délivrance !

Elle se hâta, il n'y avait pas une seconde à perdre. Elle réussit à semer Laura qui devait se poser des questions sur cette sortie aux allures de fuite. Si elle savait ! Agathe décida de ne rien dire à son amie. La pauvre avait suffisamment de problèmes : un père alcoolique, une mère absorbée par son travail, des petites sœurs jumelles qui faisaient bande à part, bref une famille où elle ne trouvait pas sa place.

Agathe découvrit Guillaume dans le hall, appuyé contre le distributeur. Elle s'approcha de lui, le cœur battant, la main crispée sur le portable coincé entre un mouchoir et un papier de chewing-gum. L'objet du délit, pensa-t-elle brièvement avant de se concentrer sur le garçon qui sirotait un Coca, lequel devait avoir surgi de l'appareil en panne – Agathe remarqua que la pancarte avait été enlevée. Il avait de la chance, comme toujours ! Rien ne lui résistait, même pas un distributeur en panne !

La main de la jeune fille se détendit dans l'obscurité de sa poche. Guillaume était là, à quelques pas, et la vie allait redevenir facile, évidente. Lui trouverait une explication satisfaisante, il trouvait toujours une solution à chaque problème.

C'était certainement pour cette raison qu'elle était tombée amoureuse de lui dès qu'elle l'avait vu, le premier jour de lycée. Elle avait immédiatement ressenti la force qui émanait de lui, une force tranquille qui n'avait rien à voir avec les pitreries des autres, avec leurs minables tentatives pour épater les filles.

Dès le début, elle s'était sentie bien en sa présence, comme rassurée. Et, ce qui ne gâtait rien, il était plus beau que les autres garçons, il avait un charme fou avec ses cheveux serrés en queue de cheval sur la nuque par un élastique jaune, l'ovale grec de son visage mat, et une élégance naturelle dans ses chemises invariablement blanches, une manière bien à lui de se démarquer des autres.

– T'en fais une tête, Agathe !

Lui aussi remarquait son trouble. Trouble qui devait se lire sur son visage et sans doute dans le moindre de ses gestes. Elle réprima un tremblement. Sans prononcer un mot, elle lui tendit l'appareil et, d'un signe de tête, lui intima de lire le message qui s'affichait sur le cadran.

Il le fit défiler et lut à mi-voix comme pour mieux s'en pénétrer. Puis il éteignit le portable et le lui rendit.

– Tu as une idée de l'identité du sinistre individu qui t'a fait cette blague ?

– Toi, répondit-elle d'un ton lugubre. Le message vient de ton portable.

Il eut un haut-le-corps et son visage exprima une telle incrédulité qu'elle reprit aussitôt :

– Je suppose qu'il peut y avoir des erreurs, même sur les messageries...

Guillaume glissa la main dans la poche de son jean, là où il avait l'habitude de ranger son portable. Il n'en retira qu'un mouchoir en lambeaux.

– Je l'ai certainement oublié à la maison, ce qui explique ce message imbécile. Mon cher petit frère adore faire des blagues.

Agathe respira un grand coup. La solution était là, facile, évidente. Guillaume avait laissé traîner son portable, Lucas l'avait emprunté, avait envoyé un S.M.S. à la chérie de son frère dont il était jaloux.

– Ça ne peut être que lui ! lança-t-elle, soulagée. Ouf ! Je m'étais imaginé des tonnes de scénarios catastrophe !

Guillaume la dévisagea avec une tendresse teintée d'ironie.

– Ah oui ? Et qui te voudrait du mal ? Tu écris trop de polars !

Il ponctua sa phrase d'un grand éclat de rire qui résonna dans le hall et qui réconforta Agathe davantage que n'importe quel discours.

– Je me sauve ! J'ai maths dans une minute ! On se retrouve à midi ?

Guillaume jeta sa boîte de Coca vide dans la poubelle près du distributeur et lança un « O.K. gatito ! » qui finit de rasséréner Agathe. Elle adorait ce surnom qu'il lui avait trouvé et qui signifiait « petit chat » en espagnol, la langue de prédilection du jeune homme qui était d'origine madrilène. Il trouvait d'ailleurs, et il ne se passait pas une journée sans qu'il le lui rappelât, qu'elle ressemblait à un chaton avec son visage triangulaire, ses yeux verts et ses petites dents pointues. Un vrai carnassier, ajoutait-il parfois. Qui, mine de rien, dévore ses proies sans faire de cadeau.

Agathe s'éloigna en songeant qu'elle avait été idiote de se tourmenter. Elle se promit d'engueuler copieusement Lucas. À quelques pas de la salle de maths, elle tomba sur Laura qui se précipita sur elle dès qu'elle l'aperçut.

– Mais où étais-tu fourrée ? Je t'ai cherchée partout ! On va être en retard ! Heureusement que tu as réussi à épater le prof de maths avec ton bouquin, il n'osera rien te dire ! Et j'en profiterai aussi, car moi il ne m'adore pas...

– À qui la faute ? lança Agathe, si tu faisais un effort...

Laura haussa les épaules, et elles entrèrent en classe où M. Karmin était déjà en train de déballer sur son bureau le contenu de son cartable. En apercevant les deux jeunes filles, il s'arrêta net. Laura attendit la remarque cinglante qui ne vint pas. Au contraire, le jeune professeur contemplait Agathe avec un sourire empreint de bienveillance.

Évidemment, songea Laura, il est tombé sous le charme, comme tout le monde, comme moi. On l'aime, c'est dans l'ordre des choses, d'abord ses parents, qui sont adorables, ensuite le monde entier.

Elles s'assirent l'une à côté de l'autre, comme toujours, et le cours commença. Agathe n'y prêta qu'une oreille distraite. Elle pensait à l'interview qui allait paraître dans *Paris-France*, lequel serait diffusé à des milliers d'exemplaires. Il serait complété de photos. C'est ainsi que la France entière la verrait assise devant l'ordinateur qui avait servi à taper *Meurtre au lycée*. Elle connaissait déjà le titre que les lecteurs allaient bientôt découvrir :

Le coup d'essai est un coup de maître

En quelques mots, le journaliste la hisserait – elle avait remarqué la lueur d'admiration dans ses yeux – au niveau des plus grands auteurs de polars français, elle qui en était la benjamine incontestée !

– Mademoiselle Agathe Conrad a-t-elle envie de passer au tableau ou dois-je la laisser œuvrer en paix dans le silence de son esprit ?

Agathe sursauta et sa peau blonde rougit si fortement qu'elle se sentit devenir écarlate. Elle se leva et avança vers le tableau d'un pas qu'elle voulut assuré, sous le regard pénétrant de M. Karmin.

– Eh bien, ma petite Agathe, j'espère que votre triomphe littéraire ne vous a pas fait oublier les équations à deux inconnues...

Des murmures s'élevèrent, parmi lesquels Agathe crut entendre nettement « Eh la meuf, finie l'esbroufe », mais elle n'aurait pu en jurer. Pourtant, debout face aux autres, elle croyait deviner dans les regards, les gestes, une animosité qui commençait à percer. Elle chercha Laura des yeux, et aussitôt se sentit rassurée. Quoi qu'il advienne de ses relations avec les autres, il lui resterait Laura, et Guillaume. L'amie de cœur et l'amoureux. De qui d'autre avait-elle besoin ? Elle se tourna résolument vers le tableau et commença à noter des chiffres.

– C'est bien, je vois que votre succès ne vous est pas monté à la tête.

Agathe retourna à sa place en feignant d'ignorer les murmures qui la suivirent « Trop de chance, la fille ! ». Sans doute une jalouse qui ne supportait pas qu'elle réussisse mieux que les autres. Car la jeune fille excellait dans toutes les disciplines, même en sport. Elle avait gagné le cross du collège l'année précédente.

– Ça a marché les doigts dans le nez, lui souffla Laura lorsqu'elle eut réintégré sa place, j'ai eu peur au début, mais je vois que tu ne perds pas le nord.

Si Agathe avait été moins obnubilée par le S.M.S. qu'elle avait reçu, elle aurait peut-être perçu comme une nuance de dépit dans la voix de son amie.

Elle replongea le nez dans son classeur, notant la suite du cours, appliquée comme toujours. C'était d'ailleurs la remarque qui figurait dans ses relevés de notes : « Élève appliquée, sérieuse, avec de belles possibilités d'avenir. »

Oui, tout lui souriait. Parents adorables – aucun conflit majeur, juste quelques heurts sans gravité –, résultats scolaires plus qu'honorables, une amie de cœur, un petit copain et maintenant cette flamboyante percée dans le monde littéraire.

Ça devait être trop beau.

Agathe s'agrippa à sa table comme à une bouée de sauvetage. Ne pas perdre pied, se répéta-t-elle consciencieusement, il n'y a pas de quoi en faire un plat.

Elle avait beau savoir que l'auteur du message ne pouvait être que le frère de Guillaume, rien n'y faisait. Le ver était dans le fruit. Et la rongeait.

– Je n'aurais pas dû, murmura-t-elle, je n'aurais pas dû.

Et la remarque de Céline lui revint en mémoire. On finit toujours par payer, avait-elle dit à propos du personnage du roman.

Agathe pensa que son heure était venue. Elle paierait pour de bon. Jusqu'à la lie. Jusqu'à l'hallali. Elle fit un effort surhumain pour ne pas s'écrouler.

Agathe attendit la fin des cours de l'après-midi avec une impatience grandissante. Elle s'était forcée à avaler un œuf dur et la moitié d'un Coca au *Rendez-vous* où elle avait déjeuné en compagnie de Guillaume. Ce maigre repas lui était resté sur l'estomac. Guillaume par contre avait englouti deux doner-kebab et une portion de frites noyés dans un demi-litre d'Ice Tea et Agathe s'était demandé comment il pouvait montrer tant d'insouciance alors qu'elle se sentait si agitée.

Enfin ils se retrouvèrent tous les trois, Laura, Agathe et Guillaume, devant la grille du lycée qui laissait s'écouler le flot des élèves. Ils marchèrent ensemble jusqu'à l'immeuble où habitait Laura, à deux cents mètres de l'établissement.

Eux vivaient plus loin, dans le quartier résidentiel, sur la colline.

– À demain, leur lança Laura en poussant la porte de l'immeuble, et bonne soirée !

Elle leur tourna le dos et s'engouffra dans le boyau sombre du couloir qui aurait mérité une bonne couche de peinture. La porte se referma dans un bruit sec sur les deux jeunes gens plantés devant elle, main dans la main.

Agathe secoua ses boucles blondes et se tourna vers Guillaume.

– Comment fait-elle pour vivre dans un truc aussi sordide ?

Guillaume hocha la tête :

– Elle est habituée, je suppose ! Et puis elle ne doit pas avoir le choix...

Il avait énoncé ces mots d'un ton indifférent, et Agathe frémit. Lui aussi, tout lui réussissait. Il lui ressemblait. Sauf qu'il ne publiait pas de roman. Et qu'il ne recevait pas de S.M.S. douteux sur son portable. Évidemment, il n'avait rien à se reprocher. Il avait la conscience aussi tranquille que celle d'un nouveau-né.

Ils arrivèrent au pavillon crème encadré d'érables ; sur le gazon ratissé les bourgeons des premières roses annonçaient le début de l'été. Encore quatre semaines, et le lycée fermerait ses portes.

Mais la suite était encore plus alléchante : quinze jours de randonnée entre copains dans le Queyras, les gîtes étaient réservés, l'itinéraire programmé, les billets de train achetés. Ce serait la première fois qu'Agathe et Guillaume passaient des vacances ensemble. Ensuite, chacun partirait avec ses parents respectifs, en Vendée. Mais le hasard faisait bien les choses puisque chaque famille possédait une villa, à quelques kilomètres l'une de l'autre.

– Voilà le maître chanteur ! lança Guillaume en agrippant le petit Lucas par la manche de son tee-shirt.

L'enfant se dégagea, ahuri.

– Qu'est-ce que j'ai encore fait ? demanda-t-il d'un ton agacé.

– Ce que tu as fait ? rugit son grand frère, tu t'es moqué d'Agathe, et ne prétends pas le contraire, on a des preuves écrites... et puis, dépêche-toi de me rendre ce téléphone, ce n'est pas un jouet pour les nains comme toi !

Après une bonne demi-heure de palabres, force fut de constater que Lucas n'était pour rien dans le message qui avait atterri sur le portable d'Agathe. Si le S.M.S. provenait effectivement du téléphone de Guillaume, ce n'était pas l'enfant qui l'avait rédigé et encore moins envoyé.

Guillaume eut beau fouiller sa chambre de fond en comble, il ne trouva nulle trace de son portable. Il composa le numéro de l'appareil dans l'espoir de l'entendre tinter dans un tiroir mais en vain.

– Tu l'as perdu, conclut Agathe en s'affalant sur le canapé du salon. Et quelqu'un l'a trouvé, et m'a appelée. C'était facile d'avoir mon numéro, il est en mémoire.

Elle n'acheva pas sa phrase. Elle réfléchissait. Qui pouvait lui avoir envoyé un message aussi... Elle ne trouvait pas le mot qui convenait. Sordide. Menaçant. Et stupide en plus.

Agathe sentit à nouveau une main invisible lui tordre le ventre. Même le Coca ne passait pas.

– Ne t'en fais pas ! Je vais signaler à l'opérateur la perte de mon appareil, et personne ne pourra plus s'en servir.

Agathe contempla son ami avec une lueur de commisération dans ses prunelles vertes.

– Tu parles ! Il a mon numéro maintenant et…

– C'était une farce, l'interrompit Guillaume, une farce un peu sinistre, mais une farce quand même… et puis c'est fini.

Agathe se mordit les lèvres pour ne pas répondre. Elle le savait, elle, que ça ne s'arrêterait pas, que Guillaume était trop optimiste, comme toujours, qu'il ne se plaisait qu'à envisager le meilleur.

Alors que le pire était à venir. Elle le sentait confusément, mais cela non plus elle ne pouvait le partager. C'était juste une intuition. L'intuition qu'elle avait commis un acte aux conséquences redoutables et imprévisibles. Des conséquences qu'elle n'avait su imaginer. Elle avait mis en route une machine dont les rouages l'entraîneraient dans un tourbillon.

Et elle serait broyée.

Elle poussa un petit gémissement. Guillaume entoura de ses bras les épaules fines, nues sous le débardeur léger. Il se dit qu'il avait de la chance d'avoir réussi à faire d'Agathe sa copine. N'était-elle pas la plus jolie fille qu'il connaissait ? Tellement plus séduisante que cette Laura qu'elle trimballait partout et dont, parfois, la présence lui pesait. Heureusement elle ne serait pas de la bande le mois prochain ! Il n'aimait pas ses yeux posés sur eux, mais jamais il ne l'avait avoué à Agathe. Il connaissait les sentiments qui l'unissaient à Laura et il ne voulait pas bouleverser cette amitié née avant leur rencontre. Souvent il se demandait ce qu'Agathe pouvait trouver à cette fille si banale qu'elle passait inaperçue, qui ne brillait ni par son intelligence ni par sa beauté. Elle était si muette, si discrète qu'elle en devenait invisible. Enfin presque, car Guillaume n'arrivait jamais à faire abstraction de sa présence.

Agathe s'écarta brusquement, passa une main sur son front, comme si soudain elle se rappelait quelque chose d'important et s'écria d'une voix émue :

– Je suis sûre que la menace a un rapport avec *Meurtre au lycée* ! Quelqu'un m'en veut.

Guillaume haussa les épaules d'un air exaspéré, mais elle répéta sur un ton d'automate :

– Je suis sûre qu'il me veut du mal, plus que du mal, il veut...

Et elle prononça le mot qui la ravageait depuis le matin, depuis le moment où ses yeux avaient découvert le message anonyme :

– Ma mort, il veut ma mort, il me tuera.

3

L'interview avait été publiée dans *Paris-France* et avait fait grand bruit dans la petite ville. Tous ceux qui lisaient peu ou prou ne pouvaient plus ignorer que, parmi les cinq mille habitants de Saint-Amboise, figurait une adolescente qui avait réussi le tour de force de dénicher un éditeur pour son manuscrit expédié par la poste. Que cet éditeur avait diffusé le bouquin jusque dans les gares et les maisons de la presse. Et que les critiques, pour une fois unanimes, reconnaissaient à l'auteur de *Meurtre au lycée* un réel talent d'écrivain.

Au lycée, le roman faisait fureur. Garçons et filles s'étaient pris au jeu et demandaient à Agathe quand paraîtrait le prochain. Elle prenait alors un air énigmatique, n'osant pas leur avouer qu'elle n'avait pas le début d'une idée.

– C'est parce que tu n'arrêtes pas de penser à ce message, la rassurait Guillaume qui ne comprenait pas que son amie songeât encore à ce S.M.S. alors que trois jours venaient de s'écouler sans l'ombre d'une menace. Ça va revenir...

Agathe sursauta, interprétant le « ça va revenir » d'une manière personnelle. Le « ça », pour elle, signifiait ce qu'elle craignait, mais que son ami feignait de ne pas prendre au sérieux. « Ça va revenir » égale il recommencera à te harceler. C'est pourquoi elle attendait. Elle n'avait toujours pas mis Laura dans la confidence, et moins encore ses parents qu'elle ne voulait pas alarmer. Comment aurait-elle pu leur gâcher leurs vacances ? Bien entendu, l'idée de déposer plainte l'avait effleurée, mais elle n'avait pu s'y résoudre. Que dirait-elle aux gendarmes ? Que quelqu'un avait volé le téléphone de son petit copain et en avait profité pour s'amuser ? Non, il n'y avait rien à faire. Qu'attendre, en silence.

Attendre. En silence. C'était à présent la seule chose qu'il lui restait.

Ce fut pendant le cours de biologie – une matière qui l'ennuyait, elle ne voyait pas trop l'utilité de ces expériences sur le vif – qu'Agathe consulta son portable. Elle accomplissait ce geste plusieurs fois par jour, et même la nuit elle se réveillait en sursaut pour jeter un coup d'œil sur l'appareil.

Il y avait un message.
Elle le fit défiler fébrilement :
ma petite A ou petite C
ne croi pas que je te lacherai
Deux en trois jours, compta-t-elle.

Elle aperçut Laura devant elle qui tripotait des fioles sous le regard attentif de la prof. Elle eut envie de la tirer par la manche de sa blouse, mais se maîtrisa. Finalement était-ce si grave que ça ? Un plaisantin, dirait Guillaume.

Lentement un sentiment de colère vint s'ajouter à son angoisse, la diluant. Ne pouvait-on pas lui foutre la paix ? Pourquoi s'acharnait-on sur elle ? Qu'avait-elle fait de mal ? Mais n'a-t-on pas toujours quelque chose à se reprocher ?

Le cours de biologie se termina enfin. Agathe, sans prendre la peine d'ôter sa blouse, se précipita dans le couloir et dévala les escaliers jusque dans le hall.

Elle retrouva Guillaume dans la cour. Elle lui tendit le portable en silence. Il le prit d'un air incrédule, consulta le message affiché sur l'écran et éclata de rire :

– C'est toujours ce petit rigolo ! Ma parole, il t'adore !

Il ajouta, d'un air penaud :

– J'ai oublié de signaler à l'opérateur le vol de mon portable, mais je te jure de le faire dès aujourd'hui, comme ça, au moins, il ne pourra plus t'appeler sur mon appareil !

Agathe s'appuya contre le muret qui séparait le lycée de la rue. Elle grimaça un sourire.

– Je trouve que tu prends ça à la légère ! C'est quand même de moi qu'il parle ! Je suppose que ce A c'est Agathe et le C Conrad, il est bien renseigné sur mon état civil !

– Comme des milliers de personnes, voire des millions. Tu ne peux plus passer inaperçue à présent ! C'est la rançon de la gloire, et elle fait des jaloux ! Je parie que ce genre d'aventure est déjà arrivée à d'autres auteurs...

– À moins que le C signifie conne, balbutia Agathe, oui c'est ça, il me déteste.

Elle se tut une fois de plus. Elle ne pouvait exprimer les sentiments qui se bousculaient en elle, que personne même pas Guillaume, et lui peut-être encore moins que n'importe qui, ne comprendrait. Elle était seule, définitivement.

– Il n'y a pas d'innocents, il n'y a que des coupables, murmura-t-elle si doucement que Guillaume ne l'entendit pas.

La sonnerie annonçant la reprise des cours l'obligea à quitter l'abri du muret et à marcher vers la salle de français.

– T'en fais une tête !

C'était la voix de Laura. Agathe émergea péniblement, comme si, enlisée dans un brouillard opaque, elle devait retrouver le chemin de la lumière.

Elle eut un mouvement d'impatience.

– Tu dis toujours ça, tu te répètes, ma vieille ! Je ne fais pas de tête du tout, je suis comme toujours !

Elle se tut. Elle se sentait exténuée, la gorge sèche. Elle pensa à ses parents, là-bas, sur leur paquebot, en train d'admirer les fjords et de s'extasier sous le soleil de minuit. Elle se demanda s'il n'était pas raisonnable de les avertir, mais elle renonça rapidement. Ils avaient attendu si longtemps cette croisière !

Elle prit le bras de Laura et s'exclama le plus gaiement qu'elle put :

– Je ne vais pas me plaindre de ce qui m'arrive ! Finalement je l'ai bien cherché !

Laura émit un gloussement d'approbation et répondit :

– Oui, ça on peut le dire !

Ce soir-là, Agathe n'attendit pas Guillaume à la sortie des cours comme elle le faisait habituellement. Elle avait envie d'être avec Laura, de lui parler, de l'amener chez elle. Elles prendraient un goûter copieux comme au temps du collège, un temps qui n'était pas si loin finalement. Elle avait envie de retrouver cette intimité de filles qu'elle avait un peu perdue depuis que Guillaume était apparu dans sa vie. Dans leur vie.

L'appartement était désert. Manuela avait laissé derrière elle des meubles lustrés et des moquettes impeccables. Laura poussa une exclamation de surprise :

– Tiens, tes parents ont encore changé de canapé !

Agathe haussa les épaules.

– C'est ma mère, au bout de trois ans elle en a marre du décor, alors elle fait une razzia dans les magasins et elle renouvelle tout...

À cet instant le téléphone sonna, Agathe empoigna le combiné et prononça un allô qui ne trouva aucun écho. Elle répéta : « Allô », mais seul un éclat de rire lui répondit. Elle insista pendant quelques secondes puis finit par reposer l'appareil sur son socle.

– Marre ! marre ! cria-t-elle en se jetant sur le canapé, j'en ai marre !

Laura saisit la main de son amie.

– Il n'y avait personne au bout du fil, c'est ça ? Il n'y a pas de quoi te mettre dans cet état. C'est juste une erreur, ça peut arriver à n'importe qui...

Agathe hocha la tête, le regard perdu dans la moquette soigneusement époussetée. Ses yeux se posèrent sur la bibliothèque bourrée de livres, le guéridon et sa lampe chinoise – un objet que ses parents et elle avaient rapporté l'an passé de leurs vacances au bout du monde. Elle soupira. Ainsi on venait la tourmenter jusque chez elle. Elle n'aurait plus de paix, nulle part, jamais.

La sonnerie retentit à nouveau. La jeune fille regarda le combiné d'un œil mauvais.

– Tu veux que je réponde ?

Agathe acquiesça d'un signe du menton. Elle entendit Laura qui s'exclamait :

– C'est Laura à l'appareil, oui, elle est ici, je vous la passe, elle est un peu fatiguée...

Elle s'agrippait au combiné, continuant comme si elle eut été seule dans la pièce :

– Les articles étaient dithyrambiques, on vous les a gardés, enfin c'est moi qui les ai découpés, oui moi parce qu'Agathe, eh bien elle n'a pas le temps, vous comprenez, avec toutes ces interviews... Oui, d'accord je vous la passe.

– Ta mère, souffla-t-elle, ils ont l'air d'aller bien...

Elle tendit le combiné à Agathe qui s'efforça de parler de choses et d'autres, du temps qu'il faisait, splendide. Elle prêta une oreille distraite aux anecdotes que lui racontait sa mère. Elle se demanda vaguement si elle n'aurait pas mieux fait de les accompagner, de solliciter une permission au proviseur qui, au vu de ses résultats scolaires, la lui aurait accordée. Elle serait loin, avec ses parents, rien ne pourrait lui arriver.

Agathe raccrocha et resta un moment l'appareil entre les mains. Ce fut Laura qui la secoua :

– Et si on allait faire un tour à vélo ? Tu me passeras la bécane de ta mère. Ça nous rappellera le bon vieux temps, et puis il ne fait plus trop chaud à cette heure...

Agathe approuva. Elle passa dans la cuisine prendre quelques barres de céréales qu'elles fourrèrent dans leurs poches et elles descendirent au sous-sol où les V.T.T. étaient garés. C'était une résidence de luxe et la famille Conrad occupait le plus bel appartement de l'immeuble, l'attique qui donnait sur les tilleuls du parc. Depuis la terrasse, Agathe entendait les trilles des oiseaux et prenait des bains de soleil sans qu'aucun regard ne vienne la surprendre dans sa nudité, ce qui lui donnait dès la fin du printemps un hâle régulier que beaucoup de filles du lycée lui enviaient.

Elles se retrouvèrent dans la rue où elles décidèrent de prendre le chemin de la forêt qui commençait deux kilomètres plus loin, au-delà des derniers pavillons.

Dans l'air tiède, Agathe se détendit. Loin des téléphones. Elle tâta sa poche, le portable n'y était pas, elle l'avait volontairement laissé chez elle, d'ailleurs depuis le second S.M.S. elle ne l'allumait plus. Elle avait décidé d'attendre le retour de ses parents pour changer d'opérateur, ou mieux pour annuler son forfait. Elle n'avait pas tant besoin d'un téléphone finalement !

Bien sûr tout le monde en avait, enfin presque, car il existait encore au lycée quelques rares individus qui ne se soumettaient pas aux règles communes. Laura par exemple, mais sans doute était-elle trop pauvre pour seulement songer à ce qu'elle devait considérer comme une fantaisie...

Je vais lui offrir le mien, songea-t-elle, le visage balayé par le vent léger qui faisait frémir les frondaisons alentour, ce serait un beau cadeau et elle serait tellement contente. Oui, c'est ça, Guillaume aussi a trouvé que c'était une bonne idée.

Elle n'eut pas le temps de mettre son projet à exécution.

Elle n'eut pas le temps de vraiment se rendre compte de ce qui arrivait et dans un sens c'était préférable.

Laura poussa un cri qui déchira le silence de la forêt. Elle vit Agathe s'élancer en l'air, atterrir sur le bas-côté, et le silence recouvrit le corps inerte couché dans l'herbe du talus.

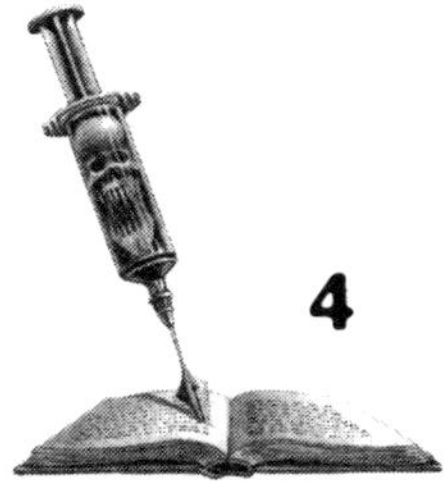

4

Laura dut pédaler jusqu'au premier pavillon, à l'orée de la forêt, avant de trouver un téléphone pour alerter le S.A.M.U.

Quand l'ambulance suivie de la voiture de la gendarmerie arriva sur les lieux, Agathe reposait toujours à l'endroit où elle était tombée, la tête contre la borne kilométrique qui s'était malencontreusement trouvée sur sa trajectoire. Une grosse tache de sang rougissait les cheveux blonds et les yeux verts, si beaux, dardaient un regard éteint sur les arbres.

On repoussa Laura, on s'activa au-dessus du corps, une civière transporta la jeune fille dans l'ambulance. Pendant ce temps Laura, les mains serrées dans le dos, allait et venait autour des hêtres. Elle aurait voulu crier, hurler, mais elle ne put que poser sa tête contre l'écorce d'un arbre et attendre. Que le pire ou le meilleur arrive.

Au bout de quelques minutes, le médecin sortit de l'ambulance et se dirigea vers elle :

– Vous êtes sa sœur ?

– Non, son amie, articula Laura, elle est… morte ?

Le médecin urgentiste la prit par le bras avant de répondre le plus doucement possible :

– Vous l'avez bien vu, n'est-ce pas ? Vous étiez avec elle, elle est morte très rapidement, sur le coup sans doute. Sa tête a heurté la borne, et le choc a été fatal. Vous ne portiez de casque ni l'une ni l'autre, ajouta-t-il en désignant le vélo étalé dans les herbes hautes, vous vous croyiez invincibles…

Il se tut, serra le bras de la jeune fille, conclut :

– Je suis désolé, mais nous n'avons rien pu faire. Le choc a été radical.

Laura s'écroula dans le fossé.

Morte, Agathe était morte.

Une demi-heure plus tôt, elle riait sur sa selle en croquant une barre de céréales, elle parlait des prochaines vacances, de Guillaume, et Laura l'écoutait en pensant à son été à elle, en ville, elle resterait en ville, loin de la mer, loin de la montagne, loin de tout, mais c'était ainsi, ses parents n'avaient pas les moyens de l'envoyer dans un camp d'ados ni de louer un appartement dans une station balnéaire. Au fond, elle avait l'habitude, en seize ans elle avait dû partir deux fois, chez des cousins, à la campagne, au fin fond du Quercy. C'était mieux que rien.

Elle secoua la tête, se mordant les lèvres d'avoir osé penser aux vacances alors qu'Agathe était morte.

Morte pour toujours, le médecin avait été formel. Sans doute l'avait-on déjà glissée dans une housse grise comme celles qu'on voyait dans les polars à la télé, et on allait la disséquer comme les lycéens dépiautaient les grenouilles, ça faisait partie du programme de S.V.T.

L'ambulance s'en alla, avec Agathe. Laura la regarda s'éloigner, debout près des deux vélos à terre.

– On vous emmène, pour la déposition. On aimerait clore le dossier rapidement...

Ils voulaient clore le dossier !

Laura leva la tête vers le plus âgé des deux gendarmes, si parfaitement maître de lui. Évidemment il ne s'agissait ni de son amie ni de sa fille !

Il ne s'agissait que d'un vulgaire accident comme ils en voyaient des dizaines, des centaines par an, ni plus ni moins qu'une chute qui avait mal tourné.

Alors elle se rappela tout.

– Vous voulez bien signer ? Là, ajouta l'officier de gendarmerie en désignant la feuille qu'il venait d'extirper de l'imprimante.

Laura se pencha et signa sans relire. Elle savait parfaitement ce qu'elle venait de déclarer. Elle ne reviendrait pas sur sa déposition.

– Eh bien, tout cela me paraît à présent beaucoup plus compliqué qu'un simple accident ! soupira le gendarme en lissant d'un revers de main la feuille. C'était trop simple ! Maintenant on a peut-être un meurtre sur les bras !

– Avec peu d'éléments pour commencer une enquête, continua son acolyte. Les deux premiers chiffres d'une plaque d'immatriculation, une voiture blanche, de marque indéterminée...

– Et les S.M.S. sur son mobile, compléta la jeune fille. Et le coup de fil anonyme qu'elle a reçu aujourd'hui, elle a décroché et on a ri au bout du fil, c'est elle qui a raccroché, elle n'était pas bien après. C'est pour ça qu'on a décidé de sortir, pour se changer les idées, on en avait un peu marre de cette ambiance, depuis que le roman est sorti, on est harcelées...

– On ? demanda l'officier en tapotant la déposition qui gisait sous sa main. Qui est ce on ?

Laura hésita, se trémoussa sur sa chaise, finit par répondre :

– Elle bien sûr, Laura...

– Laura ? Mais Laura c'est vous si j'en crois ce que vous venez de signer...

La jeune fille se raidit et, après s'être passé une main sur le front, répondit lentement, d'un air hébété :

– Enfin je voulais dire Agathe évidemment. C'est d'Agathe qu'il s'agit, c'est elle qui est...

Sa voix se brisa sur le mot mort qu'elle n'arrivait pas à prononcer. À digérer. Il restait dans sa bouche, avec un goût amer, une sensation indéfinissable de gâchis monstrueux, si inimaginable qu'il en paraissait impossible.

– Ce n'est pas possible…

– Qu'on l'ait tuée ? interrogea le gendarme en fixant la jeune fille.

– Qu'elle soit morte…

– En tombant son crâne a heurté une borne, ce sont des accidents stupides qui arrivent de temps en temps.

Il n'insista pas sur son emploi du temps dont le contenu ne pouvait intéresser une jeune fille de seize ans en deuil de sa meilleure amie, mais son air fataliste en disait long sur ce que trimballait sa mémoire.

– Ce coup de fil dont vous me parlez, ce rire anonyme, par contre, ce n'est peut-être pas un hasard…

L'officier réfléchit quelques secondes tout en fixant Laura d'un œil vif, puis il reprit d'une voix douce :

– Nous allons vous ramener chez vous, vous devez vous reposer, dans quelques semaines ça ira mieux vous verrez, on finit toujours par faire le deuil… D'ailleurs a-t-on le choix ?

Un silence répondit à cette question sentencieuse que Laura trouva mal venue. Faire son deuil ! Jamais ! Jamais elle ne s'en remettrait !

Mais elle garda ce sentiment pour elle. Plutôt se taire que d'avouer à ces deux rustres, ces deux vieux bouffis d'importance et de malheurs, que jamais, tant qu'elle vivrait, elle ne passerait une minute sans songer à tout cela. Elle était plus que concernée. Plus que responsable même. C'était à cause d'elle que tout était arrivé.

Elle ne voulut pas qu'on la raccompagnât chez elle. Elle marcha comme un automate vers la résidence où habitait – avait habité – Agathe. Elle s'arrêta au pied de l'immeuble, lut à mi-voix le nom de Conrad qui s'affichait à côté de la porte, mais elle ne sonna pas. Il n'y avait personne de toute façon. Les parents d'Agathe ne rentreraient sans doute pas avant le lendemain matin, le temps de prendre un avion qui les ramènerait chez eux. Pour constater que leur fille unique avait été assassinée.

– Je t'aime, murmura Laura, je vous aime, pardon, pardon.

Elle posa ses lèvres sur la plaque argentée, froide, puis s'affaissa sur le dallage. Elle regretta de ne pas avoir les clefs qui étaient restées dans la poche d'Agathe et que les gendarmes avaient récupérées en même temps que le vélo de la jeune fille, pour expertise, bien que Laura leur eût assuré que la voiture n'avait pas heurté le V.T.T., juste provoqué l'embardée brutale et fatale d'Agathe.

Elle s'adossa contre le mur où les sonnettes luisaient dans l'obscurité. Elle songea qu'elle aurait été bien là-haut, elle se serait couchée sur le canapé en cuir, se serait recouverte avec le plaid en mohair rouge qu'Agathe aimait tant, et elle aurait attendu le retour des parents, sous la lumière tamisée de la lampe chinoise.

Ce fut la voix de M. Conrad qui ramena Laura à la réalité. Elle avait dormi toute la nuit, recroquevillée contre la porte de la résidence, comme une étrangère en attente.

Elle se leva d'un bond. Ils étaient là, devant elle. Tous les deux. Élégants malgré ce qui leur arrivait.

La mère d'Agathe portait un tailleur blanc, et Laura ne put s'empêcher de penser qu'il s'agissait de la couleur du deuil, comme la portaient autrefois les reines de France après le décès de leur époux. C'était bien ainsi qu'elle la voyait, hiératique et douce, pleine de charme et de séduction. Et lui ne demeurait pas en reste, ils formaient un beau couple, jeune, la quarantaine moderne. Des parents idéaux en quelque sorte, tendres et affectionnés, mais si amoureux l'un de l'autre qu'ils ne songeaient pas à envahir l'espace vital de leur fille.

Laquelle était morte.

Ils l'embrassèrent. Elle sentit sur ses joues froides les larmes de la mère. Puis les bras du père entourèrent ses épaules et elle se laissa aller contre la veste qui sentait le tabac irlandais et l'eau de toilette légèrement poivrée. Elle ferma les yeux, et l'image d'Agathe juchée sur son vélo, les cheveux blonds agités par le vent, l'assaillit.

Alors, pour la première fois depuis le décès de son amie, elle éclata en sanglots, violents comme ceux d'un enfant.

– On a sauté dans le premier avion, on a fait aussi vite qu'on a pu, répétait le père en caressant les cheveux bruns, allez monte avec nous Laura ! Ça ne sert à rien de rester là, nous allons déposer nos bagages et après...

Il n'acheva pas sa phrase. Laura aurait pu la compléter, après nous irons là où le destin s'est achevé, là où notre fille nous attend, les yeux clos, le visage impassible, le corps raide. Sans doute le sang avait-il été lavé, et ne resterait-il plus aucune trace de la violence du choc. Sans doute pourrait-on conclure à un banal accident. Si elle, Laura, n'était pas là pour affirmer le contraire.

Je suis le seul témoin, pensa-t-elle dans l'ascenseur qui les conduisait à l'attique, dans un sens heureusement que j'étais là. Sans moi tout serait fini, bouclé, il n'y aurait pas d'affaire, il n'y aurait rien.

Elle se redressa et sentit à nouveau sur son épaule la main solide de M. Conrad. Une fois encore elle eut envie de pleurer, comme une petite fille, perdue, seule devant l'immensité de cette vie où Agathe ne serait plus.

Ils pénétrèrent dans cet appartement où Laura était entrée tant de fois en compagnie de son amie, riant ou bavardant de choses légères, le lycée, les garçons, les fringues, le quotidien d'une vie facile. Enfin, facile pour Agathe...

– Tu trembles, remarqua Mme Conrad, on va boire un thé.

On devinait au timbre de sa voix l'effort surhumain qu'elle accomplissait, celui de rester debout, de prononcer des mots, d'avancer. On devinait aussi que rien ne la ferait s'écrouler, qu'elle avait atteint la limite du supportable et qu'elle s'y appuyait de toutes ses forces pour ne pas succomber à la tentation du néant. On lui avait pris sa fille, mais elle continuerait. Elle semblait infiniment fragile dans ses vêtements blancs, pourtant son regard vert, le même que celui d'Agathe, exprimait malgré la douleur une ténacité que rien ne pourrait détruire.

Laura s'assit sur le canapé là où Agathe aimait s'installer pour feuilleter des magazines, et M. Conrad se laissa glisser dans le fauteuil en face d'elle. Il passa une main fatiguée dans ses cheveux coupés court. Laura le trouva vieilli de dix ans depuis la dernière fois qu'elle l'avait vu.

D'un geste de la main, il l'invita à prendre la parole. Alors Laura raconta tout, les deux S.M.S., le coup de fil anonyme, la voiture folle, la chute, le S.A.M.U., la gendarmerie. Il l'écoutait attentivement, penché en avant, le visage tendu dans une expression douloureuse mais patiente.

De la cuisine provenaient des bruits lointains de vaisselle entrechoquée.

– Si nous n'étions pas partis... commença-t-il dès que Laura eut achevé son récit.

Elle l'interrompit :

– Ce serait arrivé malgré tout, c'était écrit.

– Écrit ? Que veux-tu dire ? Je ne comprends pas...

Laura jeta un regard affolé autour d'elle, ramena ses jambes près de sa poitrine et entoura ses genoux de ses bras. Il y eut un silence puis elle se lança :

– Agathe vous a menti...

M. Conrad se pencha en avant :

– Menti ? Sur quoi ?

Laura hésita. Comment exposer ainsi la vérité ? Et une vérité aussi déplaisante ? Mais elle se jeta à l'eau, de toute façon il était trop tard, elle en avait trop dit déjà. Et puis cela devait arriver un jour ou l'autre, la vérité est toujours la plus forte.

– *Meurtre au lycée*, eh bien, ce n'est pas elle...

Le père ne comprenait pas. Mais il commençait vaguement à soupçonner que l'histoire se révélerait beaucoup moins évidente que ce que le gendarme lui avait annoncé d'abord au bout du fil : un accident. L'accident s'était soudain métamorphosé en meurtre. Prémédité peut-être, à moins que cette voiture blanche ne se soit enfuie pour échapper à la justice, et qu'il ne s'agisse tout de même que d'un terrible accident...

Il s'impatienta :

– Essaie d'être plus précise, Laura, je ne comprends rien...

Laura attendit que Mme Conrad eût déposé le plateau avec les trois tasses et la théière sur la table de bois exotique. Puis elle attendit encore que sa tasse fût remplie et, après avoir avalé une gorgée, elle raconta :

– *Meurtre au lycée*, c'est moi... c'est moi qui l'ai écrit. Et c'est Agathe qui l'a tapé sur son ordinateur en rectifiant la syntaxe et en corrigeant les fautes parce que je ne suis pas très douée. On a décidé ça ensemble...

Sa voix s'étrangla. M. et Mme Conrad dardèrent sur elle des yeux épouvantés. Elle continua bravement :

– Mais on était d'accord pour tout. Vous comprenez, je ne pouvais pas le publier moi-même, ce roman...

La voix de M. Conrad s'éleva dans le salon silencieux, et son timbre semblait blanc, uniforme, sans aspérités.

– Si je comprends bien, tu veux nous dire que notre fille t'a volé ton livre...

– Mais non ! s'exclama Laura, on était d'accord sur tout, et puis finalement l'essentiel c'est que le roman ait vu le jour. Vous comprenez, je n'ai pas d'ordinateur, et envoyer un manuscrit par la poste, ça coûte cher et...

M. Conrad s'empara brusquement d'un des exemplaires de *Meurtre au lycée* qui reposait sur le guéridon à côté du téléphone et le feuilleta nerveusement.

– Et tu as des preuves de ce que tu avances ?

– Enfin, chéri, laisse cette enfant...

M. Conrad interrompit sa femme :

– Tu as des preuves oui ou non ?

Laura se recroquevilla sous la voix soudain aiguë, presque agressive. Elle lança à nouveau un regard affolé autour d'elle puis s'efforça de planter ses yeux dans ceux de l'homme en face d'elle.

– Des preuves, enfin oui en quelque sorte, disons que ça peut être considéré comme un aveu, ou du moins une reconnaissance de ce que je dis...

– Au fait, rétorqua M. Conrad, au fait je t'en prie...

– Eh bien, son avance sur les droits d'auteur, elle m'en a donné la moitié, mais je vous assure que je ne voulais pas. Quand elle a encaissé le chèque que lui a envoyé son éditeur, elle a fait tout de suite un virement sur mon compte et puis j'ai gardé le brouillon du roman… et puis je ne vois pas pourquoi je vous raconterais ça si ce n'était pas vrai. Je n'en aurais d'ailleurs jamais parlé si ce n'était pas arrivé, si Agathe était encore là. Moi, vous comprenez, ajouta-t-elle d'une voix ténue, j'ai juste écrit une histoire, parce que j'en ai plein dans la tête qui ne demandent qu'à surgir, mais c'était sûrement elle l'écrivain, moi je n'aurais jamais su répondre aux questions des journalistes comme elle. Elle avait tant d'assurance…

Ils ne l'écoutaient plus. Ils la dévisageaient, abasourdis. Ils hésitaient à comprendre. Ce fut Mme Conrad qui reprit :

– Tout ça est complètement fou. C'est toi l'auteur et c'est le nom de notre fille qui apparaît sur les couvertures… et c'est notre fille qu'on menace, et qu'on tue. Ça signifie quoi ? Qu'il y a un rapport entre le roman et ce qui est arrivé à Agathe ?

Elle dévisagea son mari comme si elle en attendait une réponse, mais il ne dit rien. Alors elle tourna la tête vers Laura, qui gardait les yeux baissés.

Cette petite Laura, si banale, si insignifiante, était en fait l'instigateur de toute cette histoire. Mme Conrad avait du mal à y croire mais devait bien se résoudre à l'évidence. Sa fille avait outrepassé ses droits, en accord avec son amie, et en quelque sorte avait pris la place qui revenait à cette dernière.

Et elle avait perdu sa petite fille, son enfant unique.

Agathe était-elle morte à la place de son amie ? Avait-elle payé de sa vie cette usurpation d'identité ?

Mme Conrad s'écroula dans un fauteuil, se cacha le visage entre les mains.

Le soleil entrait à présent dans le salon où une petite lampe posée sur un guéridon était restée allumée, comme pour éclairer ou apaiser ceux qui s'y trouvaient.

Agathe était morte et ses parents ne pouvaient que se perdre en conjectures. Ils avaient hâte soudain de quitter l'appartement, de rencontrer ce capitaine Camus qu'ils avaient eu au bout du fil, celui qui les avait fait basculer de l'enchantement du soleil de minuit à la réalité la plus terrifiante qui soit, la mort d'un enfant.

M. Conrad s'ébroua et reprit :

– Ce portable par lequel tout semble avoir commencé, il faut le retrouver. Tu nous as dit qu'Agathe ne l'avait pas sur elle au moment de...

– Oui, elle était traumatisée par les messages, elle n'en voulait plus, alors je suppose qu'elle l'a laissé ici.

– On va essayer de mettre la main dessus...

Laura s'extirpa du confort douillet du canapé de cuir pleine peau. Elle y serait bien restée encore, elle aurait dormi, elle aurait peut-être rêvé à Agathe, un rêve heureux où elles auraient écrit ensemble. Elle serait venue habiter ici, dans l'appartement moderne qui ouvrait sur une terrasse donnant sur les frondaisons du parc, et rien ne serait arrivé. Elles auraient été heureuses, les parents à la fois proches et lointains, les parents d'Agathe s'entend. Pas les siens, évidemment.

Ils commencèrent leurs recherches par la penderie du hall où les vestes de la jeune fille étaient accrochées sur leurs cintres. Mme Conrad blêmit, mais enfouit ses mains dans les poches dont elle ne retira que des mouchoirs en papier froissés et des chewing-gums à la menthe.

Après le salon et la cuisine, ils se résolurent à pénétrer dans la chambre d'Agathe. Ils restèrent un instant immobiles sur le seuil de la porte, comme si le fait d'avancer eut été sacrilège. Ils contemplèrent le papier peint jaune clair, couleur poussin, que la jeune fille avait choisi l'année précédente, le lit étroit adossé contre le mur, la table de chevet recouverte de livres, le bureau où trônait l'ordinateur à côté duquel s'étalaient quelques classeurs fermés et des paquets de gâteaux qu'elle n'avait pas eu le temps d'entamer. Le soleil du matin donnait à la chambre une atmosphère d'été, de vacances, de bonheur. Tout semblait en attente de sa propriétaire.

Mme Conrad s'appuya contre le chambranle, laissant son mari et Laura soulever les livres, déplacer les flacons de parfum vides qu'Agathe collectionnait, et écarter la couette qui recouvrait le lit.

– Il n'est pas là, soupira M. Conrad. On dirait qu'il s'est volatilisé...

– Elle l'a peut-être jeté, hasarda Laura.

M. Conrad secoua la tête.

– Sûrement pas, elle ne jetait jamais rien, elle gardait jusqu'aux emballages des cadeaux...

– Il faut qu'on y aille, annonça le père d'Agathe d'une voix mal assurée après avoir consulté la montre à son poignet, tu peux rester ici si tu veux, Manuela ne va pas tarder, elle apportera les croissants...

Il ne parvint pas à terminer sa phase.

Laura accepta. Elle se rappela confusément qu'elle aurait dû être chez elle, se préparant pour se rendre au lycée, qu'elle devrait téléphoner à sa mère pour la prévenir, mais le courage lui manqua. Ce n'était pas la première fois qu'elle découchait, souvent il leur arrivait à Agathe et à elle de rester ensemble pour la nuit, bavardant et gloussant jusqu'à l'aube.

Elle entendit la porte se refermer, et presque aussitôt se rouvrir. Manuela venait d'arriver, enlevait ses chaussures dans le hall, passait des pantoufles et se mettait à son travail, comme chaque matin. Rien n'avait changé.

Elle tourna la clef dans la serrure et s'allongea sur le lit. Avant, elle dormait sur un matelas posé sur la moquette bleu nuit, et qui ne servait qu'à elle. Mais elle n'eut pas la force de l'extirper de sous le lit. Elle se recouvrit avec la couette, fourrant son visage dans l'oreiller où subsistait le parfum d'Agathe, une délicate senteur de pamplemousse et d'abricot. Elles avaient acheté le parfum ensemble, quelques jours auparavant, et c'était Laura qui avait poussé son amie à choisir *Rêve d'été*.

Elle ferma les yeux, se positionna en chien de fusil et faillit porter son pouce à sa bouche. Elle se sentait bien. Chez elle. Elle s'endormit rapidement.

5

On tambourina à la porte. Laura ouvrit les yeux, effarée, puis brusquement elle découvrit la chambre, le soleil qui tapait contre les doubles rideaux orange parsemés de perroquets, et la première pensée qui lui vint fut : je suis un monstre.

Elle se leva précipitamment pour ouvrir la porte sur le père d'Agathe.

– Tu t'es enfermée ? Mais pourquoi ?

Elle répondit instinctivement :

– J'avais peur...

Elle faillit glisser sur le sol, il la rattrapa de justesse, la serra contre lui. Il respira les effluves discrets de pamplemousse – l'eau de toilette qu'Agathe aimait tant – qui étaient restés accrochés dans la chevelure hirsute de Laura. Elle devina l'émotion au tremblement des mains sur son dos.

Ils restèrent un moment debout, sur le seuil de la porte. Laura répétait dans sa tête : « Je suis un monstre », et lui essayait d'écarter l'image qui le hantait depuis qu'il avait vu sa fille recouverte d'un drap blanc, le visage fermé, les yeux clos, muette. Jamais elle ne pourrait lui expliquer ce qui s'était passé, et plus jamais il n'aurait l'occasion de la protéger. Il l'avait laissée mourir. « Je suis un monstre, se dit-il en caressant machinalement les cheveux auburn où le soleil accrochait des taches de lumière, et je ne pourrai jamais réparer. »

Il s'écarta, tint la jeune fille à bout de bras, et un sentiment de protection le submergea. Elle était devant lui, si fragile, si tendre, si perdue, le visage balayé de cheveux, une enfant paumée. Il la prit par la main pour la conduire dans le salon.

– Tu vas déjeuner avec nous. Manuela nous a préparé quelque chose avant de rentrer chez elle... Elle a appris la nouvelle ce matin aux infos régionales à la radio. On ne parle plus que de cela en ville, nous avons déjà dû écarter pas mal de curieux... c'est terrible comme le malheur attire les gens.

Elle hocha la tête et dévia la conversation vers l'entrevue qu'il venait d'avoir avec le capitaine Camus. Camus, drôle de nom pour un gendarme ! Un nom d'écrivain. Mais n'était-on pas en plein roman ?

– Tu sais, Laura, le capitaine Camus pense que l'enquête s'annonce ardue, il n'y a aucun indice, on n'a même pas le portable d'Agathe.

Et comment retrouver une voiture avec le vague signalement que tu as fourni aux gendarmes ?

Évidemment, pensa Laura, je n'ai pas l'habitude des bagnoles, on n'en a plus depuis que mon cher père s'est fait retirer son permis pour conduite en état d'ivresse, trois grammes d'alcool dans le sang ça ne pardonne pas ! Et ma mère est trop molle pour se mettre au volant...

Elle se tut. C'étaient là des choses qu'on ne peut exprimer. Surtout dans un lieu comme celui-ci, devant des gens comme eux, élégants, impeccables. Elle les admirait trop pour leur avouer d'où elle venait, de quelle famille elle était, à son corps défendant, issue. « Tout le monde n'a pas la chance de naître orphelin », cette phrase de Jules Renard la hantait.

– Ils vont procéder à une autopsie, prononça avec difficulté le père d'Agathe, puis on l'inhumera dans le caveau de famille. Je passerai aux pompes funèbres à quatorze heures...

Il prit sa tête entre ses mains, murmura :

– Comment peut-on tuer quelqu'un sans raison ? Il devait forcément y avoir une raison... la jalousie ? D'après le capitaine Camus, ce serait un élément moteur, et un mobile suffisant.

Il ajouta :

– Ce qui signifie que dans notre ville où tout le monde se connaît, il existe un individu capable d'une telle jalousie ou d'une rancœur si puissante qu'il décide d'éliminer la cause de cette souffrance intolérable, ça ne peut être qu'un fou...

– Ou quelqu'un de très intelligent, rétorqua Laura, qui a conçu ce plan avec précision, sans rien laisser au hasard, le meurtre parfait en somme, ni vu ni connu. Il nous a suivies dès notre sortie de la résidence et en forêt c'était facile de passer à l'acte, il n'y avait personne. Facile aussi après de disparaître dans la nature, et je parie qu'en plus c'était une voiture volée, alors il ne risquait rien.

– Et nous on devra vivre le restant de notre vie avec la pensée que l'assassin de notre fille vit quelque part près de nous, peut-être à deux pas, qu'il nous nargue et s'amuse, et se félicite de son exploit...

Mme Conrad laissa échapper l'éléphant en cristal qu'elle tripotait machinalement et l'objet minuscule alla se perdre dans les poils de la moquette. Laura se pencha pour le ramasser, et le garda dans la paume de sa main. C'était un des derniers objets qu'Agathe s'était offerts ; l'apercevant dans la vitrine du bijoutier, elle avait voulu absolument le posséder. Pourquoi se serait-elle refusé ce plaisir ? Elle recevait chaque début de mois une somme coquette qui lui permettait de satisfaire ses désirs, et que son père complétait souvent en cas de besoin urgent.

Laura reposa l'éléphant sur la table basse et saisit la main de Mme Conrad.

– Je suis là, dit-elle.

Ils passèrent à table. Elle avait faim. Elle avala une escalope panée et se servit deux fois de pommes de terre sautées. Puis elle attaqua le fromage et termina par deux flans au caramel. M. et Mme Conrad touchèrent à peine aux plats, se contentant de café dont l'arôme puissant envahissait l'appartement.

Laura jetait les pots de flan au caramel à la poubelle lorsqu'elle sentit un regard dans son dos, insistant. Elle se retourna. Mme Conrad se tenait derrière elle, les yeux pleins de larmes. Elle balbutia, désignant les pots vides :

– Agathe les aimait tant, elle aussi…

Laura finit par rentrer chez elle. Elle traversa la ville de part en part ; cette ville qu'elle connaissait si bien, elle avait l'impression de la voir pour la première fois. Elle ne l'aimait pas particulièrement, elle l'avait toujours trouvée un peu trop silencieuse, un peu hautaine aussi avec ses quartiers résidentiels aux pavillons impeccables fermés par des grilles en fer forgé. Dans cette ville, les gens ne parlaient pas beaucoup, chacun semblait être recroquevillé dans sa propre histoire. Comme elle, Laura. Était-ce de l'indifférence, un manque de curiosité ou simplement de la discrétion ? se demanda-t-elle.

En ce qui la concernait, elle reconnut que son silence exprimait surtout une timidité maladive. Qui cachait son attirance pour les autres, son désir de les connaître, d'entrer en contact avec eux.

C'était certainement pour cela qu'elle s'était mise à écrire ce roman. Et qu'elle en écrirait d'autres. Elle avait encore des tonnes de sentiments à exprimer dans la solitude de la feuille blanche.

Écrire, c'était la seule manière qu'elle avait trouvée pour parler au monde.

Laura s'arrêta devant la maison de la presse où le journal local, *L'Est démocrate*, étalait sa première page. Elle lut le titre à mi-voix :

Une lycéenne renversée par une automobile : accident ou meurtre ?

Le journaliste avait réussi le tour de force de remplir une page entière avec les quelques éléments que Laura avait livrés aux gendarmes. Elle se dit qu'en fait il ne savait rien. Puisque aucun journaliste n'avait pris la peine de l'interviewer, ni de lui demander son avis, exactement comme si elle comptait pour du beurre.

Elle s'écarta à regret de la vitrine, continua sa route. Rentrer chez elle, elle n'avait que ça à faire, il était trop tard, en plein milieu d'après-midi, pour se rendre en cours. Et dire qu'elle n'avait même pas été citée dans l'article !

Exactement comme si Agathe avait été seule sur cette route de campagne !

Elle eut chaud tout à coup car elle n'avait pas pensé à se changer chez Agathe, tout avait été si rapide, le déjeuner, puis M. Conrad lui avait fait gentiment comprendre que ses parents sans doute l'attendaient, qu'elle devait les laisser seuls. Qu'ils avaient des choses à régler, sans elle. Elle regrettait amèrement de ne pas avoir emprunté à Agathe ce tee-shirt qui lui allait si bien, blanc avec une grande fleur orange sur la poitrine. Un petit truc sympa qu'elle avait payé un prix insensé.

Elle marqua une pause devant les locaux de *L'Est démocrate*. Là aussi, dans la vitrine, le journal arborait son titre ridicule et alléchant. Elle lorgna sur la porte d'entrée. Il lui suffisait de faire un pas et elle pourrait s'expliquer avec ce journaliste, Bob Marlot. Elle lui dirait tout. Il l'écouterait, encore plus attentivement que le capitaine Camus, il prendrait des notes et dès qu'elle aurait le dos tourné il s'attellerait à un nouvel article qui cette fois dirait la vérité, toute la vérité.

Mais elle ne poussa pas la porte vitrée, se contentant de reluquer la secrétaire assise derrière son comptoir, tapant sur son clavier.

Elle finit par arriver chez elle. L'appartement était désert ; des fringues et des objets divers traînaient, transformant le salon en dépotoir.

Elle le traversa comme si elle eut été en territoire ennemi, retenant sa respiration de peur sans doute de faire surgir quelque fantôme.

– Ah c'est toi ? Tu n'es pas au lycée ?

– Et toi tu n'as pas lu les journaux ni écouté les infos ? riposta Laura en jetant un regard dégoûté sur la silhouette en robe de chambre qui venait de surgir de la salle de bains.

– Je suis rentrée à sept heures ce matin, j'ai bossé toute la nuit, et après je me suis mise au lit sans même avaler un café tellement j'étais crevée, alors les nouvelles...

La mère de Laura travaillait de nuit comme aide-soignante à l'hôpital de la ville, et se coltinait douze heures durant les grabataires du service de long séjour, ce qui expliquait sa lassitude au petit matin. Mais Laura ne l'entendit pas de cette oreille, elle éleva le ton pour prononcer :

– Agathe est morte, on l'a tuée.

Elle comprit au regard de sa mère qu'elle n'y croyait pas. Que l'information n'avait pas fait son chemin dans son esprit. Aussi répéta-t-elle lentement :

– Je te le dis, je l'ai vue, elle est morte.

Sur ces mots péremptoires, elle s'engouffra dans la chambre qu'elle partageait avec les jumelles. Elle grimpa dans son lit, enfouit son visage dans l'oreiller, essaya de retrouver le subtil parfum de pamplemousse qui était resté dans l'attique là-bas, les deux cents mètres carrés de luxe et d'opulence. Ici, chez elle, il n'y avait de place que pour le désordre, les fins de mois difficiles, les yoghourts nature de la marque éco, et la baguette premier prix du supermarché. Rien de beau ne pénétrerait jamais dans l'appartement vieillot. Même pas ringard, se dit la jeune fille, pauvre. Moche et pauvre.

Elle n'eut pas besoin d'ouvrir les yeux pour se rappeler les moquettes élimées, la robinetterie vétuste de la salle de bains, les taches de rouille autour des joints. Tout, absolument tout, du couloir aux deux chambres en passant par la cuisine, les toilettes et le salon – si on pouvait nommer ainsi cette espèce de débarras où trônait une télé ridiculement petite –, respirait la petitesse voire l'indigence. Autant matérielle qu'intellectuelle. D'ailleurs les seuls livres qui figuraient dans l'appartement étaient ceux qu'elle avait achetés avec les quelques euros qu'elle gagnait en gardant de temps en temps le bébé de la voisine.

Laura se leva d'un bond et se précipita à son bureau. Elle s'empara fébrilement d'une feuille.

Elle se mit à écrire. Elle se sentait toujours bien quand elle écrivait.

Elle souriait.

Le lendemain, à midi et quart, en rentrant du lycée, Laura extirpa le courrier de la boîte aux lettres dans le hall de l'immeuble. Elle jeta un coup d'œil rapide sur les lettres : deux factures, E.D.F. et France Télécom, une lettre qui venait d'Australie, adressée à sa mère (laquelle avait une sœur au pays des kangourous) et enfin une enveloppe en papier kraft brun sur laquelle l'adresse était écrite en majuscules d'imprimerie. Et qui lui était destinée, puisque c'était son nom Laura Belvoir qui était mentionné.

Elle grimpa les escaliers quatre à quatre, et dans le silence de sa chambre – ses sœurs n'étaient pas encore rentrées – elle décacheta l'enveloppe. Elle en retira une feuille simple sur laquelle était noté, à grand renfort de lettres découpées dans des journaux et assemblées laborieusement côte à côte :

T'ES PAS PLUS MALIGNE QUE L'AUTRE
TU SUBIRA LE MEME SORT
TO OU TAR
A BON ENTENDEUR SALU
LE JUSTICIER

Laura laissa échapper la feuille qui voleta une paire de secondes dans l'air chaud de la chambre avant de se poser délicatement sur la couette du lit. Elle entendit les pas de sa mère dans le couloir, mais résista à l'envie de l'avertir.

Elle fourra la lettre anonyme dans son sac à dos et cria à l'intention de sa mère :

– Je vais déjeuner chez une copine, je retourne au lycée tout de suite après...

Elle se sauva comme une voleuse, la lettre à l'abri dans son sac à dos. Elle savait où aller. Elle espérait seulement qu'il serait là.

Miraculeusement, les bureaux n'étaient pas encore fermés. La secrétaire la pria de monter au premier étage. Les locaux sentaient le papier et la cigarette froide. Laura essuya les gouttes de sueur qui perlaient sur son front avant de frapper à la porte qu'on lui avait indiquée.

Bob Marlot lui répondit par un « entrez » tonitruant. Courageusement, elle avança vers lui. D'emblée il lui inspira confiance. Il ressemblait au père d'Agathe, même carrure solide, regard droit qui se posait sur vous sans ciller, poignée de main franche mais sans familiarité.

Pendant qu'elle lui expliquait les raisons de sa visite, le journaliste la fixait, guettant chaque mouvement des lèvres, chaque battement de cils. Enfin, elle s'arrêta pour ouvrir le sac. Elle tendit l'enveloppe brune à son vis-à-vis qui la saisit sans la quitter des yeux.

Il consulta longuement les lettres malhabilement collées et prit enfin la parole :

– Un roman dont l'auteur n'est pas réellement l'auteur, une sorte d'usurpation de talent, enfin je ne suis pas là pour juger. En tout cas ça ne lui a pas porté bonheur, à la petite Agathe, et maintenant les menaces continuent. Donc quelqu'un sait que vous êtes dans le coup vous aussi, et vous en veut exactement comme à votre amie. Il vous met dans le même panier. Un panier de crabes, conclut-il en replaçant la lettre dans son enveloppe d'origine.

Il se tut. Il régnait dans la pièce une chaleur suffocante, et les stores baissés n'arrivaient pas à empêcher le soleil de sévir. Laura sentit la tête lui tourner.

Il reprit :

– Vous avez forcément vendu la mèche, soit vous, soit elle. Je veux dire par là que l'assassin, enfin l'individu qui envoie ces menaces, sait qui est le véritable auteur de ce bouquin.

Elle sursauta, se redressa.

– Guillaume, elle a pu le dire à Guillaume, c'était son petit copain, d'ailleurs c'est de son mobile que les messages sont partis, il prétend que l'appareil lui a été volé ou qu'il l'a perdu.

Elle réfléchit une seconde avant de reprendre sur un ton moins véhément :

– C'est ridicule, ça ne peut pas être lui, et de toute façon il n'a pas le permis.

– On peut conduire une voiture sans permis, remarqua le journaliste.

Elle hocha la tête.

– Non, je vous dis que non, et puis il n'avait pas de motif de lui en vouloir, il l'adorait, ils ne se quittaient pas, ils allaient partir en vacances ensemble, ils étaient amoureux…

Le journaliste scruta la jeune fille par-dessus ses lunettes rondes qui n'arrivaient pas à cacher un regard vif, extraordinairement intelligent.

– Et toi ?

Elle sursauta à ce tutoiement intempestif et balbutia :

– Comment ça, et moi ?

– Oui, toi, comment tu vivais ça, eux deux, et toi en dehors du coup, je devrais dire du couple, tu devais te sentir larguée, non, trompée. Vous vous entendiez bien la petite Agathe et toi…

– Oui, admit Laura qui ne comprenait pas où le journaliste voulait en venir.

Peut-être nulle part finalement, car il sauta du coq à l'âne :

– Pourquoi me racontes-tu ça à moi, et pas au capitaine Camus qui est chargé de l'enquête ?

Elle hésita, se lança :

– J'ai lu votre article dans le journal et je n'ai pas réfléchi davantage, ça m'a paru évident.

Il ramassa l'enveloppe sur le bureau jonché de paperasses et la tendit à son interlocutrice.

– Je te rends ta lettre d'amour, tu devrais dare-dare aller la confier aux gendarmes.

Elle se leva tandis qu'il ajoutait :

– Je vais te faire un bon papier, tu seras contente.

Elle tendit la main, ne sachant comment interpréter cette phrase qui lui parut sibylline. Le ton aussi lui sembla étrange, vaguement ironique. Se moquait-il d'elle ? Ou simplement ne la prenait-il pas au sérieux ?

Elle sentit une lueur de colère la traverser, elle cria presque, oubliant sa timidité :

– Je préférerais ne pas recevoir ce genre de lettre, je préférerais que ma meilleure amie soit vivante, que tout soit comme avant, que ce foutu livre n'ait jamais existé, je vais le déchirer, le brûler, le réduire en cendres, il n'en restera pas une phrase.

Les larmes coulaient sur ses joues chaudes. Bob Marlot prononça doucement :

– Allez, ça ira, je suis là, je t'aiderai, tu peux me raconter tout ce que tu veux, je serai toujours là pour t'entendre. J'en ai entendu d'autres, la mort et la souffrance c'est mon pain quotidien, ma manne si on peut dire. C'est mon boulot quoi, d'aller fouiller dans les poubelles des vies, parfois on trouve des choses si étranges que ça vaut la peine de les écrire, ajouta-t-il sans se départir de son sourire teinté d'ironie.

L'ironie de quelqu'un qui assiste au grand spectacle de la vie, aux soubresauts du monde et au tumulte des âmes.

Dans la rue, elle se rendit compte qu'elle avait soif, et faim, et qu'elle n'avait pas un euro en poche pour s'offrir un sandwich avant la reprise des cours. Retourner au lycée lui parut une épreuve insurmontable, et pourtant avait-elle le choix ? Il fallait finir l'année coûte que coûte.

Elle erra un moment entre les boutiques fermées à cette heure du déjeuner. Aux terrasses des restaurants des gens devisaient par-dessus leurs assiettes pleines. Si Agathe avait été là, elle l'aurait empoignée par le bras et l'aurait entraînée vers un de ces endroits, elles se seraient assises sous un parasol et auraient commandé des pans-bagnats et des Coca frais avec des pailles.

Orange la paille, aurait exigé Agathe en levant ses admirables yeux émeraude sur le serveur ébloui. Elle aurait eu droit à sa paille orange, ensuite elles auraient pris le chemin du lycée, bras dessus bras dessous.

– C'est fini, murmura Laura, et je suis un monstre. Je n'y ai rien gagné, au contraire j'ai tout perdu.

En entrant dans la cour du lycée déjà bruissante de mille voix, elle se rappela le portable d'Agathe qui était resté introuvable. Et qui sans aucun doute ne remonterait jamais à la surface. Elle le savait intimement.

Guillaume était là, adossé contre le muret, à l'endroit où elle bavardait hier encore avec Agathe, qui ces derniers temps y retrouvait davantage son copain que sa meilleure amie, amour oblige.

Ils ne se dirent rien, d'abord. Peut-être n'y avait-il rien à dire. Le silence résumait la mort, qui enfermait dans son sein le plus grand silence qui soit, l'essence même du silence. L'éternelle séparation, qui ne prendrait jamais fin. L'immensité de cette absence les frappa de plein fouet, sous le soleil qui s'obstinait à tomber sur eux de toute sa force, une force aussi impitoyable que la mort.

Guillaume se racla la gorge et chuchota :

– M. Conrad m'a appelé entre midi et deux, chez moi, pour savoir si j'avais une idée pour le portable… celui d'Agathe, précisa-t-il, je lui ai dit que je ne savais absolument pas, ce qui est la stricte vérité, je savais juste qu'Agathe n'en voulait plus de cet engin diabolique comme elle disait, et qu'elle avait l'intention de te l'offrir après avoir fait changer le numéro d'appel évidemment. Ça aurait été ton cadeau d'anniversaire, elle n'avait pas oublié que c'était à la fin du mois, et elle savait que tu en avais envie, de ce truc.

Il hésita, se rapprocha de Laura si près que les deux tee-shirts se frôlèrent.

– Elle m'avait confié qu'elle avait un sale pressentiment. Elle avait fait un rêve, tu sais un de ces rêves qu'on qualifie de prémonitoire, où elle s'était vue morte, assassinée, sans savoir pourquoi. Bien sûr je me suis moqué d'elle gentiment, et on s'est quittés un peu fâchés, enfin elle du moins... et c'est la dernière fois qu'on s'est vus.

Il avala péniblement sa salive, il se sentait sec, vide, froid. Laura songeait au téléphone qu'elle ne recevrait jamais, et pour cause. C'était elle qui l'avait jeté la veille au soir. Au moment où Agathe sortait les V.T.T. de leur recoin, elle en avait profité pour le dissimuler dans le container, et sans doute était-il déjà parti pour l'usine d'incinération.

Guillaume essuya d'un revers de la main les larmes qui s'écoulaient sur ses joues, irrépressibles. Il tourna vers Laura un regard égaré.

– Si les flics ne trouvent pas le coupable, moi je l'attraperai, même si je dois y passer le restant de mes jours, je ne cesserai pas de chercher tant que je ne l'aurai pas coincé, il n'y a pas de meurtre parfait. Tous les meurtres obéissent à des lois, tous les assassins ont des mobiles.

Laura extirpa l'enveloppe de son sac et la tendit dans un geste d'offrande. Il lut la lettre anonyme, et considéra longuement la jeune fille qui attendait visiblement sa réaction.

– Il ne cessera pas, s'exclama-t-il d'un ton véhément, tu le vois bien, il vous en veut à toutes les deux, à ses yeux vous êtes indissociables !

Il cogita un instant puis reprit :

– À se demander pourquoi il ne vous a pas écrasées sur ce chemin, pourquoi il ne s'en est pris qu'à l'une d'entre vous...

– Le hasard, répliqua vivement Laura, ou alors il n'a pas eu le temps. En tout cas, il savait, lui, que j'ai ma part de responsabilité dans l'écriture de *Meurtre au lycée*.

Guillaume écarquilla les yeux, elle lui expliqua alors ce qu'elle avait déjà annoncé aux parents d'Agathe puis au journaliste.

– Je croyais connaître Agathe de très près, et voilà que je me retrouve avec quelqu'un que je ne soupçonnais pas. Marcel Proust avait raison quand il disait : « On croit connaître les gens avec qui nous vivons jusqu'à ce que survienne un événement qui nous les montre autres que nous les savons. » Je ne pensais pas que ça m'arriverait avec Agathe ! Elle me semblait si simple, si limpide, sans ambiguïté.

Il avait l'air exténué soudain. D'autant plus, et cela il ne l'avait pas avoué à Laura, qu'il avait reçu la visite du capitaine Camus, lequel l'avait submergé de questions, notamment au sujet d'une voiture blanche ; manque de chance son père en possédait une.

Il avait dû reconnaître qu'il roulait souvent avec son père ou sa mère à ses côtés, ce qui était normal étant donné qu'il avait commencé la conduite accompagnée.

Au bout d'un moment, Guillaume avait fini par réaliser, horrifié, que les soupçons s'étaient tournés vers lui, d'autant plus que son portable, qui avait servi à envoyer les S.M.S., n'avait toujours pas été retrouvé et qu'il était incapable d'expliquer sa disparition.

– C'est l'heure d'aller au bahut, déclara Guillaume en poussant la jeune fille vers la porte d'entrée, on file, ce n'est pas le moment de se faire remarquer davantage ! Moi qui ne demandais qu'à vivre en paix ! À lire mes auteurs préférés, et à noircir un carnet de leurs citations les plus pertinentes ! Mais enfin, arrêtons de nous lamenter, la plus à plaindre c'est quand même Agathe, à qui on n'a laissé aucune chance, nous on est vivants...

– Oui, conclut Laura en faisant la grimace, pour l'instant du moins. Espérons que ça dure !

Dans l'allée qui conduisait au portail, ils passèrent devant la Renault blanche qui appartenait aux parents de Guillaume. Ils ne firent aucun commentaire.

6

Une seule semaine de cours les séparait des vacances qui, pour beaucoup et surtout pour Guillaume, constituaient une réelle délivrance. Il lui était en effet de plus en plus difficile de se lever le matin, assailli par la pensée que l'assassin d'Agathe courait toujours, et qu'il ne pouvait malgré sa bonne volonté rien y faire.

L'enterrement avait eu lieu, auquel avaient assisté la classe de seconde et une grande partie des lycéens et des professeurs, ainsi que le capitaine Camus accompagné de quelques gendarmes en civil. Mais rien de suspect ou même d'étrange ne leur avait sauté aux yeux.

L'enquête était au point mort. Les parents d'Agathe avaient repris le chemin de leur cabinet d'experts-comptables. Tout continuait. La vie était apparemment plus forte que la mort.

Guillaume s'était beaucoup rapproché de Laura qui lui semblait la plus apte à comprendre ses états d'âme. Il la sentait perdue, comme lui, en proie à des questions sans réponses, troublée et davantage encore. Il leur était arrivé de pleurer ensemble et il éprouvait pour la jeune fille un curieux sentiment de protection, peut-être parce qu'il n'avait pas pu sauver Agathe se rattrapait-il, d'une certaine manière réparait-il...

Le capitaine Camus avait fini par arrêter de le harceler, Laura s'étant brutalement souvenue d'un détail : le pare-chocs de la voiture blanche responsable du décès d'Agathe était muni d'une attache-caravane, et celle des parents de Guillaume n'en possédait pas. Guillaume, profondément meurtri d'avoir été soupçonné de meurtre, avait exigé des explications et le capitaine de gendarmerie avait répliqué que, dans cette affaire, le meurtrier n'obéissait apparemment à aucune logique.

Ce lundi matin, Guillaume se dirigeait vers le lycée en se demandant ce qui allait encore lui tomber dessus. Dans une semaine, il quitterait la ville pour cette randonnée alpine qu'il avait décidée avec Agathe et qu'il n'avait pas eu le cœur de remettre en question, étant donné que d'autres participants étaient impliqués et que sa dérobade aurait pu compromettre le projet. Mais comment parviendrait-il à vivre ces vacances qui auraient dû être leur première escapade d'amoureux, à Agathe et lui ?

Dans la cour du lycée, appuyée contre le muret qui leur servait de point de rendez-vous,

Laura l'attendait qui, sans un mot, le visage ravagé, lui tendit une enveloppe blanche. Il l'ouvrit et lut le message écrit sur ordinateur en lettres majuscules rouges :

SEUL LE SILENCE EST GRAND,
TOUT LE RESTE N'EST QUE FAIBLESSE.
PLUS UN MOT
OU C'EST LA MORT ASSURÉE.

Le message était accompagné d'une page du quotidien paru la veille et qui titrait :

Un auteur peut en cacher un autre !

Le journaliste, en l'occurrence Bob Marlot, d'une plume alerte, livrait sur une page la déclaration faite par Laura. Il prétendait ouvrir ainsi le débat : peut-on attribuer à celui qui appose son nom sur la couverture la paternité du livre ? Combien de romans doivent-ils leur existence à des tiers souvent occultes, mal payés, et jamais reconnus ?

– C'est de Paul Valéry, annonça Guillaume lorsqu'il eut repris ses esprits.

– Paul Valéry ?

Il eut un sourire léger :

– « Seul le silence est grand » est une maxime de Paul Valéry, je le sais parce que ma mère l'a eu en dissertation au bac et elle s'en rappelle encore. Ce qui signifie que ton maître chanteur est un intellectuel ou du moins un bon lecteur.

– Ça ne m'avance pas beaucoup ! J'ai trouvé ce mot charmant ce matin dans la boîte aux lettres. Elle débordait de prospectus alors je l'ai ouverte et j'ai découvert l'enveloppe, il y a mon nom et mon prénom... il me connaît !

– Évidemment qu'il te connaît, ce n'est pas la première fois qu'il t'envoie des mots doux ! J'espère que tu vas l'apporter aux gendarmes, je viendrai avec toi à midi ou tout de suite si tu veux, je pense qu'il vaut mieux ne pas tarder...

Elle acquiesça d'un signe de la tête. Heureusement il était là ! Sa force, son assurance – il ne subissait aucune menace – lui faisaient du bien. Elle se sentait soutenue, accompagnée.

– Si tu préfères, je laisse tomber la rando la semaine prochaine ou mieux encore, je t'emmène ! Mais oui, la place est vide.

Il se mordit les lèvres. La place d'Agathe. Il offrait la place d'Agathe à Laura. Et pourquoi pas ? Il insista :

– Ce serait plus raisonnable que de rester là, à attendre bêtement. En montagne, tu serais à l'abri, et surtout tu ne serais pas seule...

Elle ne répondit pas tout de suite. Son cœur battait comme une balle de ping-pong pendant un match, elle avait envie de pleurer et de rire, de rire et de pleurer encore. Ce qu'elle voulait arrivait, comme par enchantement, les Alpes, les sommets, les torrents, les nuits sous la tente, avec Guillaume.

Dont elle était amoureuse depuis si longtemps, bien avant qu'Agathe ne le remarque. Mais c'était elle, si blonde, si jolie, si séduisante, qu'il avait choisie, et Laura avait dû ronger son frein, faire semblant, taire ses sentiments, jouer à l'amie heureuse.

Côte à côte, ils marchèrent vers le portail. Laura remarqua les regards qu'on lui lançait ; certains manquaient de compassion. On lui en voulait certainement d'avoir dévoilé le pot aux roses, d'avoir avoué la vérité. La vérité, chacun le sait, n'est pas toujours bonne à dire, surtout lorsqu'elle remet en cause des faits qu'on croit immuables. Pour chacun l'auteur de *Meurtre au lycée* était Agathe. Et voilà qu'on découvrait que rien n'était moins sûr ! Et qu'un auteur pouvait en cacher un autre, qu'on ne soupçonnait pas.

Qui aurait imaginé que Laura, qui ne brillait pas par ses résultats scolaires (elle était à peine dans la moyenne et écrivait des dissertations de français dont la syntaxe approximative ahurissait la prof) et était une fille banale, soit capable d'élaborer un scénario aussi complexe que celui du roman en question ?

Car *Meurtre au lycée* se lisait à plusieurs niveaux. C'était d'abord le récit de Clara, une lycéenne qui se laissait happer par l'engrenage de la drogue – elle avait commencé par fumer du haschich, des joints qu'elle croyait inoffensifs et, peu à peu, insidieusement, elle s'était tournée vers les drogues dures – pour mourir finalement d'une overdose le jour de ses seize ans, une manière sans doute de fêter de façon macabre et désespérée cet heureux événement. Au second degré, et c'est là que l'enquête commençait réellement, on se rendait compte que cette mort avait été sciemment provoquée, orchestrée par le fournisseur. Celui-ci lui avait donné à croire que cette drogue lui permettait d'accéder à des paradis artificiels d'une intensité inégalable, une sorte d'apothéose orgasmique sans précédent. Évidemment il avait omis de lui signaler le caractère particulièrement dangereux du produit et Clara y avait laissé la vie.

Le polar remontait la filière de drogue et s'achevait sur la découverte du chef du réseau, un individu au-dessus de tout soupçon, un notable qui jouissait de la considération générale, mais qui, démasqué, dévoilait enfin son véritable visage.

Quelques remarques peu sympathiques fusèrent :

– Dénoncer une copine qui ne peut même plus se défendre, c'est pratique !

– Et ça peut rapporter gros ! déclara une autre voix, féminine celle-là.

Laura hâta le pas. S'ils savaient, pensa-t-elle, ce que ça me rapporte d'avoir fait ça, que des emmerdements, des menaces, et si ça se trouve je vais finir comme Agathe, dans un trou, et mes parents n'auront même pas l'argent pour m'offrir un bel enterrement.

Ça te ferait une belle jambe, susurra une voix dans sa tête, morte tu ne te rendras compte de rien, ni des fleurs ni de la musique, aussi émouvante soit-elle.

– Il ne t'arrivera rien, murmura Guillaume en prenant le bras de la jeune fille, et puis laisse-les dire ! Moi je sais que tu n'as rien à te reprocher, que tu es sincère...

Il sentit comme un pincement dans sa poitrine, qu'il essaya de réprimer. En était-il aussi sûr qu'il voulait bien le croire ?

La petite phrase s'était insinuée dans sa tête, et faisait son chemin. Mais il ne lâcha pas le bras de Laura. Il avait besoin de protéger quelqu'un, de consoler, et pourquoi pas de sauver. Lui qui avait laissé Agathe mourir, en n'accordant aucune considération à ses angoisses.

Ils arrivèrent à la gendarmerie. Le soleil tapait fort sur la grille de fer noir qui brûla les doigts de Laura, ou du moins en eut-elle l'impression. Elle avança courageusement, appuyée contre son compagnon.

À l'accueil, le gendarme s'empressa de prendre le téléphone et d'avertir son supérieur qui descendit les escaliers quelques secondes plus tard, comme s'il attendait cette visite.

– Bonjour les jeunes ! Ah, Laura je vois que tu n'es pas venue seule, tu avais besoin d'aide ? Tu as quelque chose à me dire ? Et tu crois vraiment que ton copain a besoin de l'entendre ? Allez, venez, je vais prendre votre déposition !

Sans leur laisser le temps de réagir, il leur tourna le dos et entreprit de grimper les escaliers. Ils lui emboîtèrent le pas, perplexes. Que signifiait ce ton ironique, mordant, presque accusateur ? Et quelle déposition voulait-il prendre ? Il ne savait rien de la deuxième lettre anonyme ! Personne n'était au courant, hormis eux deux.

Ils pénétrèrent dans le bureau dont la large fenêtre donnait sur un pré où quelques moutons bêlaient sous le soleil en arasant l'herbe maigre.

Le capitaine Camus leur intima d'un geste de prendre place face à lui.

– Tu veux vraiment qu'il reste ? demanda-t-il à Laura en désignant Guillaume du menton.

– Oui, je le veux, prononça Laura d'une voix qu'elle s'efforça de garder ferme, je n'ai rien à cacher, d'ailleurs il est au courant.

L'officier de gendarmerie laissa échapper un sourire narquois.

– Ah oui ? Et ça ne t'a pas gênée de lui avouer tes turpitudes ridicules de petite fille qui s'ennuie ?

Laura essaya de réprimer le tremblement qui agitait ses mains. Elle agrippa les accoudoirs du fauteuil et répondit :

– Je ne vois pas de quoi vous parlez, moi je sais de quoi je parle.

Elle saisit son sac et l'ouvrit. Elle tendit l'enveloppe à son vis-à-vis qui continuait à la fixer avec une expression étrange.

Il déplia la lettre, et la lut à voix haute.

Un éclair d'étonnement passa dans ses yeux, qu'il maîtrisa aussitôt. Il repoussa la lettre vers Laura et brandit en l'air une enveloppe brune.

– Et ça ? Est-ce que tu peux m'expliquer ça ?

Laura reconnut la première lettre de menaces qu'elle avait confiée au capitaine Camus. Elle agrippa à nouveau les accoudoirs, enfonçant ses ongles dans le skaï noir. Elle hésita quelques secondes, tourna désespérément la tête vers Guillaume qui fixait le capitaine Camus d'un air ahuri, comprit qu'elle n'avait aucun secours à espérer et lança :

– Mais vous savez bien ! C'est la première !

Il ricana.

– La première ? Oui certes, mais peux-tu me dire qui en est l'auteur ?

Elle se raidit, et d'un ton neutre rétorqua :

– En général on ne connaît pas les auteurs de lettres anonymes, en tout cas il n'a laissé aucune trace, aucune signature...

– Tu crois ça ?

Le capitaine Camus fouilla dans une chemise cartonnée posée devant lui et en extirpa une feuille de journal découpée, et un rapport dactylographié qu'il tendit à la jeune fille d'un air redevenu grave :

– Tiens, je te laisse en prendre connaissance, et tu peux lire le rapport d'expertise à voix haute puisque tu n'as absolument rien à cacher n'est-ce pas...

Elle lut, et au fur et à mesure qu'elle progressait dans sa lecture, sa voix s'affaiblissait, en proie à une émotion incontrôlable.

Elle s'affaissa sur elle-même, laissant échapper le rapport accablant. Elle ne pouvait plus bouger ni lever les yeux, vaincue par une honte qui l'empêchait de regarder aussi bien Guillaume que le capitaine Camus.

Elle se mit à haïr ce dernier qui lui infligeait ce sentiment et qui, par sa sagacité, avait réussi à la voir telle qu'elle était, pitoyable, monstrueuse et nulle. Absolument pas aimable, dans le vrai sens du terme, pas digne d'être aimée. Surtout par un garçon comme Guillaume. Et par personne d'autre, car depuis seize ans qu'elle était au monde personne n'avait encore levé les yeux sur elle, personne ne lui avait dit qu'elle était belle, ou simplement qu'elle avait du charme, personne. Ils avaient raison, tous, elle était monstrueuse, et le capitaine Camus allait le proclamer au monde entier. Elle n'avait que ce qu'elle méritait. On finit toujours par payer, pensa-t-elle, et voilà je vais payer, et ça ne s'arrêtera jamais.

– Nous allons garder cette histoire pour nous, commença le capitaine Camus en reprenant la feuille que Guillaume venait de ramasser et qu'il avait posée sur le bureau, ce n'est pas la peine d'avertir ton cher journaliste lequel ne te ferait pas de cadeau, les journalistes sont friands de ce genre d'affaires qui leur permet d'exercer leur cruauté naturelle et de donner libre cours à leur narcissisme surdimensionné. Nous allons nous taire, mais j'aimerais savoir pourquoi tu as fait ça...

Sans lever les yeux, prostrée dans son fauteuil, elle balbutia entre deux hoquets :

– Elle avait tout, et moi rien, je voulais être comme elle...

– Et recevoir aussi des menaces, comme elle, c'est pour ça que tu as composé cette lettre ridicule, évidemment tu n'es pas une professionnelle, tu as collé les bouts de journaux sans prendre de précautions, remarque tu as bien fait, ça a permis à l'expert de trouver tes empreintes sous les lettres, donc ma conclusion a été rapide. Et mon passage chez toi ce matin m'a permis de récupérer quelques pièces à conviction supplémentaires.

Elle se redressa brusquement.

– Vous avez osé fouiller dans mes affaires ? De quel droit ? Et ma mère vous a laissé faire ?

– Ta mère n'y est pour rien, ne cherche pas d'autre coupable, il n'y en a pas. Il n'y a que toi.

Elle planta ses yeux dans ceux de son vis-à-vis :

– Je ne l'ai pas tuée.

Il soupira.

– Et cette voiture blanche introuvable, c'était quoi alors, le vaisseau fantôme ?

Laura s'agita dans son fauteuil, elle cria :

– Ce n'est pas moi, je le jure, je n'y suis pour rien, la lettre oui je reconnais, j'ai fait une connerie, je voulais qu'on parle de moi, je voulais...

Elle s'arrêta net, vaincue par l'impossibilité d'exprimer ce qu'elle ressentait. Oui, pour une fois, elle avait voulu que les projecteurs se tournent vers elle, qu'on la prenne au sérieux, qu'on s'intéresse à elle, qu'on la plaigne aussi, et qu'on la protège.

Soudain elle lança d'une voix vibrante :

– Mais la deuxième, celle que j'ai trouvée ce matin dans ma boîte ce n'est pas moi, c'est une vraie, d'ailleurs je n'ai pas d'ordinateur.

– Des ordinateurs il y en a partout, rétorqua Guillaume qui prenait la parole pour la première fois depuis le début de l'entrevue, même au lycée, ce n'est pas une preuve.

Le capitaine Camus ne disait rien, absorbé par sa lecture. Il avait repris la seconde lettre et semblait l'ausculter derrière ses lunettes brillantes.

– Oui, reconnut-il enfin, je crois que tu ne

mens pas. Il y a une très grande différence entre les deux messages, les fautes d'orthographe dans la première qu'on ne retrouve pas dans la seconde, et puis le ton n'est pas le même.

Il semblait perplexe.

– Tu as des ennemis ? Des copains ou copines de classe qui seraient jaloux de toi ?

Elle murmura péniblement :

– Sûrement pas ! Personne ne m'en veut ! Personne n'est jaloux de moi ! Quand on me voit c'est juste pour reconnaître que je suis banale. C'est bien pour ça que j'ai voulu que ça se sache, pour le bouquin, pour qu'on reconnaisse que j'existe...

Il ne répondit pas. Il se replongea dans sa lecture muette comme si la contemplation de cette feuille pouvait lui apporter la vérité. Mais la vérité devait être plus complexe, car il finit par classer la feuille dans la chemise cartonnée en disant :

– Je vais l'envoyer à l'expertise. À partir de maintenant je te donne une protection. J'ai justement un stagiaire sur les bras, qui fera parfaitement l'affaire. Je ne veux pas d'un second accident... Un accident car, selon le rapport d'autopsie, Agathe est décédée d'un traumatisme crânien, sa tête ayant heurté cette fichue borne kilométrique.

Il s'arrêta, se leva, se planta face à Laura. Et reprit, d'une voix lente et ferme :

– J'ai de bonnes raisons de croire que cette bagnole blanche est sortie droit de ton imagination qui me paraît délirante. Bref, je te soupçonne d'avoir tout inventé. Comme une vraie romancière, que tu es d'ailleurs.

Il posa sa main sur le bras de la jeune fille.

– Tu sais, je ne dirai rien non plus pour la voiture, je me sens aujourd'hui d'une parfaite mansuétude.

La pression de la main sur son bras eut le pouvoir de venir à bout de ses ultimes résistances. Elle éclata en sanglots. Le capitaine lui fourra un mouchoir dans la main en murmurant :

– C'est faux n'est-ce pas ? Il n'y a pas de voiture, tu l'as poussée, elle est tombée, mais c'est malheureusement allé plus loin que tu l'avais imaginé, tu voulais juste lui faire une farce, et la farce a mal tourné…

– Ce n'est pas vrai, ce n'est pas vrai, articula la jeune fille entre deux sanglots, je n'ai rien fait, elle est tombée toute seule, je ne sais pas pourquoi, elle était dans la lune à cause de ces maudits S.M.S… Elle n'était pas dans son état normal, alors elle n'a pas fait gaffe, mais moi je n'ai rien fait. Pour la voiture, c'est vrai, enfin c'est faux, elle n'existe pas, je l'ai inventée.

– Pourquoi ?

Elle hésita. Là encore comment expliquer l'inexplicable ? Elle avait dû lire trop de romans policiers, regarder trop de polars à la télé, confondre fiction et réalité... et puis tout venait de ces maudits messages téléphoniques. S'ils n'avaient pas existé, eux, elle n'aurait jamais pensé à travestir l'accident en meurtre. C'étaient les S.M.S. qui étaient la cause de ce qui était arrivé.

Elle essaya d'expliquer, calmement. Le capitaine Camus l'écouta attentivement. Guillaume, lui, s'était levé et était sorti dans le couloir où il faisait les cent pas, le visage fermé.

– Donc les S.M.S., c'était toi aussi ? récapitula l'officier de gendarmerie.

Elle eut un haut-le-corps.

– Moi ? Et vous avez des preuves ?

– J'en aurai dès qu'on aura retrouvé le portable de Guillaume dont tu t'es débarrassée, comme tu as jeté celui d'Agathe dans le container à poubelles. Le concierge nous l'a apporté, et j'ai tout de suite pensé que c'était toi, ça ne pouvait être que toi. J'avais raison : l'expert a trouvé tes empreintes sur l'appareil. Ce qui évidemment ne prouve pas que c'est toi qui l'as jeté, mais au moins que tu l'as tenu en main. Si tu as une autre version des faits, je veux bien l'entendre !

Laura baissa la tête. Ce silence était un aveu.

Oui, elle avait voulu faire disparaître ce maudit engin dont elle ne supportait plus la vue. D'une certaine manière, elle avait voulu empêcher ces horribles messages d'aboutir sur l'écran de son amie. Mais les mots pour expliquer ce geste lui manquaient. L'autre, en face, dans son uniforme, ne comprendrait pas.

Le capitaine Camus respecta ce silence. Il devinait que la jeune fille était en proie à de violentes contradictions, et que le temps de la réflexion était venu. Un temps qu'il ne devait pas perturber.

Laura se mordit l'intérieur des joues, une manie qui réapparaissait dès qu'elle se sentait en danger.

– C'est moi qui l'ai jeté, avoua-t-elle enfin, vous avez raison. Je ne voulais plus qu'Agathe reçoive ces horribles S.M.S., je voulais la protéger. Mais cette lettre je ne l'ai pas inventée, elle est là, elle existe, vous ne pouvez pas le nier...

– Oui, ironisa le capitaine, tu n'aurais pas été capable d'inventer « Seul le silence est grand », en tout cas on peut dire que tu mets la maxime de l'écrivain en application. Le silence, c'est ton truc, le silence ! Je me trompe ?

Elle articula faiblement, comme étonnée d'avoir été prise en flagrant délit :

– C'est vrai, je ne parle pas beaucoup, j'écoute, et puis on ne m'a pas laissé vraiment l'occasion de m'exprimer.

– L'occasion, on la provoque, on la cherche, on la prend, rétorqua le capitaine, personne ne t'oblige au silence…

Elle aurait voulu dire que si. Elle aurait voulu dire cette indigence intellectuelle dans laquelle elle avait été élevée depuis sa naissance, cette honte qu'elle avait toujours éprouvée devant le spectacle de son père titubant, ivre mort. Toute petite déjà elle avait eu la prescience qu'elle était différente, qu'elle n'appartenait pas à cette famille. Enfant elle avait rêvé que ses parents étaient des faux et qu'un jour les vrais réapparaîtraient, beaux, élégants, sensibles, riches aussi ou du moins suffisamment pour lui permettre de vivre dans un appartement cossu, calme, ordonné. Comme celui d'Agathe. Avec les parents d'Agathe. Et le petit copain d'Agathe. Alors, oui, elle aurait pu sortir de son silence, vaincre la honte, relever la nuque, marcher le front haut.

Elle se terrait dans le silence, reprise par le sentiment de son impuissance, jamais elle ne serait une autre, jamais elle ne changerait de parents, jamais Guillaume ne pourrait l'aimer. Elle l'imagina dans le couloir, tellement en colère qu'il ne supportait plus sa présence, qu'il avait quitté la gendarmerie, qu'il était rentré chez lui en la laissant se dépêtrer dans ses mensonges, dans sa monstruosité.

Seule.

– Je te laisse filer, annonça le capitaine Camus, mais souviens-toi que le moindre de tes faits et gestes est enregistré désormais et que mon indulgence a des limites.

Il ajouta au moment où elle atteignait la porte :

– Si tu daignes te souvenir de quelque chose, je suis prêt à t'entendre, à tout entendre. À mon avis, si tu veux mon avis, Paul Valéry avait tort en affirmant que seul le silence est grand et que le reste n'est que faiblesse, mais c'est mon point de vue évidemment.

7

Elle sortit, referma la porte, s'adossa contre le mur du couloir. Elle avait chaud, elle avait soif, sa gorge n'était qu'une plaie vive qui la brûlait au fer rouge. Elle avait l'impression d'avoir avalé un brasier. C'était la première fois qu'elle s'était autant exprimée, qu'elle avait parlé d'elle, un peu, pas beaucoup encore, mais tellement plus que d'habitude. Elle pensa à ces hommes et à ces femmes de tous âges qui venaient à la télé déballer leurs problèmes, leurs soucis. Dans l'attente de quoi ? se demanda-t-elle soudain, pour qu'on les aide ou juste pour le plaisir de parler ? Elle était fascinée par ces confessions, ces secrets longtemps inavouables qui s'écoulaient des bouches enfin déliées…

– Il veut que je m'étale devant lui, grinça-t-elle entre ses dents, eh bien il ne m'aura pas, je me tairai, jusqu'à la mort s'il le faut.

Elle aperçut Guillaume qui se dirigeait vers elle, le visage froid, hostile.

Elle eut envie de disparaître dans la cloison de béton. Il s'arrêta devant elle.

– Tu comptes dormir ici ? Ou en prison peut-être ?

Elle le suivit.

Il descendit les escaliers sur la rampe et elle eut beaucoup de mal à ne pas se laisser distancer. Dans la rue il allongea le pas, et elle dut courir pour ne pas être semée. La sueur ruisselait sur son front, sur sa nuque, et dans son dos elle sentait son tee-shirt qui s'imbibait de transpiration. Je pue, se dit-elle, je suis sale, je suis moche, je suis un monstre.

Au bout d'une sorte de course-poursuite, elle se rendit compte que Guillaume l'entraînait vers le quartier résidentiel où avait vécu Agathe.

Que voulait-il ? Quelle punition avait-il décidé de lui infliger ? Qu'avait-il compris ?

Elle sentit ses jambes flageoler mais se ressaisit. Qu'avait-elle à craindre ? Il n'y avait pas de preuves, aucune. Et sans preuves pas de coupable. Cette pensée la rasséréna et elle força le pas pour arriver à la hauteur de Guillaume.

Il s'arrêta aux premiers érables qui ouvraient sur le parc. Celui que, quelques jours auparavant, Agathe pouvait admirer du haut de sa terrasse.

Il s'écroula sur un banc, et l'invita à s'asseoir à côté de lui.

– Regarde !

Elle fixa le doigt qui pointait vers le sommet de la résidence. Malgré la chaleur gluante, opaque, elle sentit une lueur froide la traverser.

– Je pense que tu as suffisamment de sensibilité, et que tu l'aimais suffisamment pour ne pas mentir là, à cet endroit. Dis-toi qu'elle t'observe, et qu'elle sait, elle...

Sa voix dérailla, une paire de larmes apparurent sous les paupières. Laura devina l'émotion qui envahissait Guillaume et qui la gagnait elle aussi. Oui, il avait raison, elle l'aimait, elle l'avait tant aimée. Elle avait aimé son aisance, son sentiment d'invincibilité, ou du moins était-ce ainsi qu'elle la voyait, belle, limpide, une existence dorée et vouée à la réussite, au plaisir et au bonheur. Une vie parfaite pour une fille parfaite. Et elle, à côté, ne pouvait qu'espérer ramasser quelques miettes de ce bonheur, de cette flamboyante réussite, restant à sa place, c'est-à-dire dans l'ombre de la parfaite.

– Je t'écoute, l'encouragea Guillaume.

Alors, elle se mit à parler. Lentement d'abord, cherchant ses mots, puis de plus en plus vite, comme si elle arrivait enfin à ouvrir les vannes, à libérer le trop-plein. Elle évoqua les S.M.S. qu'elle avait envoyés, pour lui faire peur.

– Je voulais juste l'impressionner un peu, je ne pensais pas qu'elle prendrait ces bêtises au sérieux...

– Je savais, je l'ai compris dans le bureau du capitaine Camus tout à l'heure, déclara Guillaume en tripotant une tige de marguerite, c'était évident. Lui, il n'a pas compris, il n'avait pas tous les éléments, il pense que tu étais dans l'impossibilité d'envoyer les messages parce que tu étais en cours à ce moment-là, assise à côté d'Agathe, mais moi je sais que tu n'étais pas en cours.

Laura sentit un pinçon la déchirer.

– Ah oui, et j'étais où ?

– Aux toilettes, déclara le jeune homme d'une voix naturelle, je le sais, Agathe m'avait dit que tu avais des problèmes de vessie et que tu sortais souvent de classe.

Laura baissa les yeux, accablée. Ainsi, Agathe l'avait trahie, elle qui lui avait juré de garder le secret. Elle en avait tellement honte, de ces besoins intempestifs, de ne pouvoir contrôler sa vessie pendant plusieurs heures, comme tout le monde. Et les examens complémentaires n'avaient abouti qu'à cette conclusion qui l'avait hérissée : « Aucune malformation visible, trouble vraisemblablement d'origine psychologique. »

Seule Agathe avait été mise au courant.

– Ce n'est pas une honte, reprit-il en l'obligeant à relever la tête, mais les messages si, tu es impardonnable, tu es dégueulasse. Tu l'as tuée. C'est toi qui l'as poussée, c'était facile, il n'y avait pas de témoin, tu l'as entraînée dans cette forêt, tu lui as fait une queue de poisson ou je ne sais quoi, en tout cas, tu l'as tuée.

Il s'écarta, laissant un espace libre entre eux.

– Ce n'est pas vrai, articula-t-elle, je l'ai dit au capitaine Camus, je...

– Tais-toi ! Comment veux-tu que je puisse croire une menteuse ? Tu mens comme tu respires ! Et tu t'y perds toi-même ! Tu veux que je te dise : tu es une mytho ! Tu devrais te faire soigner ! Et ça, c'est plus grave que de pisser cinquante fois par jour !

Elle pleurait, silencieusement. Elle reconnaissait tout, sauf l'accusation de meurtre. Mais n'était-ce pas elle qui avait provoqué la chute d'Agathe ce soir-là ? N'était-ce pas à cause de ces menaces idiotes que la jeune fille, inquiète, angoissée, avait perdu l'équilibre et était tombée tête la première sur cette foutue borne ? Oui, elle était coupable, assurément.

Nous sommes tous coupables, murmurait une voix dans sa tête, nous sommes tous des assassins, par mensonge, par action ou par omission. Des bribes de morale resurgirent, datant de l'époque du catéchisme. Elle était coupable de préméditation aussi, car ces maudits S.M.S. elle les avait calculés, sans pourtant songer à la portée dévastatrice qu'ils auraient sur Agathe. Elle avait voulu lui faire peur, la punir – de quoi ? – et la peur avait mené à la mort.

Guillaume se leva brusquement, saisit la jeune fille par la main et l'obligea à se lever.

– Viens ! On va tout raconter aux parents d'Agathe qui seront ravis de voir à quel point tu adorais leur fille ! Finis les mensonges, les dissimulations, les petits secrets, tu veux vivre au grand jour n'est-ce pas ? C'est pour ça que tu es allée rendre visite à ce journaliste ? Eh bien commençons par le début !

Elle résista, parvint à se dégager de l'emprise de Guillaume, et retomba lourdement sur le banc. Elle ne pouvait pas, ce qu'exigeait Guillaume était impossible. Affronter le regard des parents d'Agathe, leur étonnement, leur douleur, leur colère, leur mépris.

– Tu te dégonfles hein ! Tu veux jouer au maître chanteur à la petite semaine, là tu ne risques rien, c'est facile de voler des portables, de s'amuser avec, c'est à la portée de n'importe qui. Et puis, ce foutu roman dont soi-disant tu es l'auteur, qui me dit que tu ne mens pas là aussi ? Car pourquoi ne l'aurais-tu pas envoyé à un éditeur ?

Elle se recroquevilla encore davantage contre son banc, prononça d'une voix éteinte :

– Je n'ai pas pu... parce que... parce que...

Il insista :

– Parce que quoi ?

Elle se lança :

– Parce que là d'où je viens on n'écrit pas.

Elle se tut. Ils gardèrent le silence quelques minutes.

Elle laissa échapper un sourire triste qui frappa Guillaume comme une claque.

– Tu aurais voulu que je revendique le texte ? Que je mette mon nom sur la couverture ? Tu as vu ce que mon père en a fait, de ce nom ? Il y a des jours où je ne me sens plus le courage de sortir, d'affronter les regards, j'ai l'impression que tout le monde sait que mon père est un ivrogne. Tu ne peux pas comprendre, toi. Tu es comme Agathe, un privilégié, tu as toujours tout eu. Tout te semble normal, naturel... Tu crois que ça m'est naturel d'avoir mon nom sur la couverture d'un livre ? Non, je n'ai pas osé, c'est ça, pas osé. Agathe, elle, ça ne lui a posé aucun problème. En plus, dans sa famille, elle a une tante romancière...

Elle releva la tête qu'elle tourna vers Guillaume.

– Tu sais comment mon père m'appelle ? La pisseuse. Tu sais comment M. Conrad appelait sa fille ? Mon cœur.

Il resta muet.

– ... Mais qu'est-ce qui se passe ? ajouta-t-elle, tu as l'air d'avoir vu le diable !

Il se rapprocha d'elle, et murmura d'une voix presque inaudible :

– Il y a un type qui nous observe. Je suis sûr qu'il nous suit depuis un moment, mais je viens juste de le réaliser vraiment. Écoute, Laura, tu fais ce que je te dis, à trois on se lève et on court jusqu'à l'immeuble. Si les Conrad ne sont pas là, il y aura Manuela...

À trois, ils bondirent de leur banc et coururent jusqu'à la grille qui donnait sur la résidence *Les Érables*. Guillaume sonna et s'annonça dans l'interphone en essayant de maîtriser sa voix. On leur ouvrit aussitôt.

Dans l'ascenseur, Guillaume déclara :

– Je vais appeler le capitaine Camus.

Alors, brusquement, Laura se souvint et éclata d'un rire qui l'obligea à s'adosser contre la paroi de l'habitacle. Guillaume grimaça.

– Je ne vois pas ce qu'il y a de drôle.

– Si, hoqueta la jeune fille, le type c'est... c'est un gendarme chargé de surveiller tous mes faits et gestes, j'avais complètement oublié de t'avertir.

Guillaume prit le parti d'en sourire.

Manuela leur ouvrit la porte.

– Monsieur et madame m'ont dit que même en leur absence vous êtes les bienvenus ici, leur déclara-t-elle en guise de bonjour. Alors, faites comme chez vous, moi je vais continuer mon travail.

Ils entrèrent.

Ils se tinrent un moment debout dans le couloir, ils se sentaient gauches dans le grand appartement blanc où tout leur rappelait l'absence d'Agathe. Ils regardèrent à la dérobée le canapé noir et la couverture en mohair rouge dans laquelle elle aimait se draper été comme hiver lorsqu'elle regardait la télévision ; elle prétendait que la laine protégeait aussi bien du froid que de la chaleur.

Ils s'assirent, les fesses à l'extrême bord des coussins. Ils écoutèrent le bruit ténu de l'aspirateur à l'autre bout de l'appartement, qui signalait une présence vivante.

– On dirait un hôpital, ce silence, ce blanc partout. Sans Agathe, ça doit être terrifiant d'habiter là.

Guillaume se leva.

– On file ! On ne va pas rester là à larmoyer, seulement je n'ai pas envie de me coltiner ton garde-chiourme, surtout que j'ai une idée… qui nous changera les idées justement. Marre des drames, des polars, des meurtriers, tout ça c'est de la littérature.

Il enchaîna, ne se rappelant plus qu'il avait tenu à Agathe le même discours :

– Ta lettre, c'est juste une plaisanterie, une fille ou un garçon de la classe, jaloux à en crever et qui n'a pas trouvé d'autre moyen de t'atteindre.

Laura voulut y croire, elle aussi. Elle se leva en se rappelant l'issue de secours située au fond de la terrasse, les escaliers qui menaient directement dans la ruelle derrière l'immeuble. Le gendarme en faction devant la résidence mettrait un bout de temps avant de réaliser que les oiseaux avaient quitté leur nid !

Guillaume avait raison, mille fois raison, c'était l'été, presque les vacances, ils n'allaient pas croupir dans un appart, si luxueux soit-il ; ils n'allaient pas se cacher non plus en prévision d'un éventuel danger. Des dangers, le monde en recélait des tonnes, de toute nature. Autant ne plus sortir de chez soi ! Et puis cette lettre anonyme n'était qu'une farce, et le capitaine Camus était trop zélé, déformation professionnelle sans doute.

Ils se retrouvèrent quelques minutes plus tard dans la ruelle.

– On va se baigner, décréta Guillaume, je connais un endroit sympa où il n'y a personne, et ne me dis pas que tu n'as pas de maillot de bain, tu garderas ton tee-shirt si ça te chante ! Moi j'ai un caleçon, en été je suis toujours prévoyant !

Ils traversèrent la petite ville qui semblait endormie sous la chaleur presque caniculaire. Seules les terrasses offraient une ombre relative, grâce à leurs parasols et à leurs verres gorgés de glaçons qui reposaient devant les premiers touristes en short, débardeur et lunettes de soleil, les bras protégés par la crème solaire qui laissait des traces brillantes sur la peau.

– On est presque arrivés, encore ce no man's land devant nous et c'est le canal. Attention aux orties !

Ils entendirent dans leur dos une voiture qui arrivait à vive allure. Qui sans doute ne les voyait pas, car elle ne ralentissait pas. Ou qui peut-être n'avait pas envie de ralentir. Et qui allait leur foncer dessus.

Elle était presque sur eux, maintenant.

Ce fut Guillaume qui réagit le premier.

Il bondit sur la jeune fille et ils roulèrent dans les hautes herbes. Guillaume tourna la tête vers le bruit que faisaient les pneus sur le macadam.

– Vite, Laura, elle revient, je l'entends faire demi-tour, droit devant sans regarder en arrière, et quand je te le dis tu sautes !

Ils coururent, écrasant les herbes sur leur passage, sans penser, sans parler. Cela leur sembla une éternité. Ils percevaient dans leur dos le rugissement d'un moteur lancé à pleine vitesse.

Enfin, Guillaume cria :

– Saute !

Elle sauta. L'eau du canal lui sembla glaciale. Ils nagèrent jusqu'à l'autre rive. Lorsqu'ils l'atteignirent et qu'ils se retournèrent pour scruter la berge opposée, la voiture avait disparu.

Laura s'écroula sur le talus.

– Eh bien, ta baignade on l'a eue ! Je m'en souviendrai ! Et toi qui pensais que la lettre, c'était du pipeau !

Arrivés devant la porte du bureau, ils marquèrent une pause avant de frapper contre la vitre. Une voix aboya : entrez ! Ils avancèrent, s'attendant au sermon du siècle.

– Ah, voilà nos deux héros ! hurla le capitaine Camus en se dirigeant vers eux. Alors contents d'avoir semé un gendarme ? Jouer à cache-cache, c'est bien de votre âge !

Il s'aperçut de l'état dans lequel se trouvaient les deux jeunes gens et s'exclama :

– Vous êtes tombés dans la mare aux canards ?

Guillaume, sans lâcher la main de Laura, commença son récit pendant que le capitaine Camus arpentait la pièce de la porte à la fenêtre, les mains dans le dos, les lunettes posées sur son bureau, comme si le fait de déambuler les yeux nus lui permettait de dépasser les apparences.

– Vous ne pouvez rien me dire sur cette voiture ? Vous avez dû remarquer quelque chose, enregistrer un détail, la couleur peut-être ?

– Oui, s'exclama Laura, elle était grise, enfin, je crois...

Elle se tut, accablée. Comment retrouver une voiture grise ? Il y en avait des milliers…

Le capitaine Camus s'assit face à son bureau, remit ses lunettes et les contempla tous deux, assis en face de lui. Il se disait que cette petite jeune fille, d'apparence si inoffensive, avait levé un lièvre qui avait détalé. Et que c'était à lui, le gendarme, de retrouver les traces de ce lièvre et de le mettre hors d'état de nuire.

– J'ai reçu tes parents voici une heure, annonça-t-il en fixant Laura, et ils ont décidé de porter plainte, ce que je leur ai d'ailleurs vivement conseillé.

– Mes parents ? balbutia Laura, ils ont porté plainte, mais contre qui ?

– Contre x, dans l'état actuel de l'enquête. C'est un début. De toute façon, j'ai besoin légalement de cette plainte pour pouvoir poursuivre, et aussi pour t'accorder une protection. Demain le procureur la recevra et décidera de la suite à donner…

Guillaume ricana :

– Il rangera le dossier dans un tiroir en décrétant que tout ça n'est pas sérieux, juste des histoires de gosses.

Le capitaine Camus lui lança un regard sec.

– Tu nages en plein cliché, mon petit, la justice fait son travail du mieux qu'elle peut, et en général de manière plutôt satisfaisante. Arrête de te complaire dans des pétitions de principe !

Depuis que je suis à mon poste, ici, je me flatte d'avoir résolu les grosses affaires.

Guillaume l'interrompit pour jeter d'un ton narquois :

– Ici, évidemment, il ne se passe rien ! Peut-être deux vols de voiture par an, et des porte-monnaie qu'on chipe dans les poches des vieilles dames au supermarché, et voilà le travail ! Bravo ! Enfin, ce n'est pas votre faute si la ville est calme, mais je me demande si on ne devrait pas plutôt alerter la police, des flics quoi, qui ont l'habitude des affaires compliquées et délicates...

Le capitaine Camus se mit à rire.

– Encore un cliché, mon petit, décidément tu les collectionnes ! Sache que les gendarmes ne s'occupent pas que de vols de mobylettes ! Ce sont aussi des enquêteurs dans des affaires de meurtre, en coordination, comme les flics, avec le procureur et le juge d'instruction.

Guillaume reprit :

– Alors, faites vite ! Car j'ai l'impression que le chauffard fou ne s'arrêtera pas là et je n'ai pas envie que Laura et moi, on se retrouve à la morgue.

Il parlait d'une voix parfaitement maîtrisée, comme si sa plongée dans le canal lui avait donné une force nouvelle. Il avait eu peur, pour lui et pour Laura aussi, il avait vu la voiture s'élancer dans son dos, essayer de l'écraser, il savait à présent de quoi il parlait.

Alors que le gendarme, confortablement installé dans son fauteuil, n'avait pas assisté à l'agression et était donc capable de la considérer avec détachement.

– Mon père est venu vous voir ? prononça Laura, exactement comme si elle n'avait rien entendu de la diatribe de Guillaume, et qu'a-t-il dit ?

– Qu'il était très inquiet pour toi, répondit le capitaine Camus, et je le comprends, c'est ton père.

Laura en avait le souffle coupé : son père s'angoissait à son sujet ! Voilà qui était nouveau ! Son père se déplaçait pour une pisseuse de son espèce !

Le capitaine Camus se leva et se dirigea vers la porte. Guillaume et Laura lui emboîtèrent le pas.

– Et plus d'imprudence ! Je peux compter sur vous ? Vous ne sèmerez plus votre ange gardien ?

Ils promirent.

Il était midi, avant-dernier jour de cours au lycée Voltaire. Guillaume, comme d'habitude, attendait Laura. Il scrutait le flot des élèves et soudain son visage s'illumina. Elle avançait vers lui, suivie à bonne distance par son garde-chiourme, c'est ainsi qu'elle appelait le gendarme affecté à sa protection.

Depuis cinq jours, depuis l'après-midi où ils avaient failli être écrasés par la voiture folle, tout semblait s'être arrêté. Plus de lettres anonymes ni de courses-poursuites. L'assassin – si assassin il y avait – semblait s'être résigné. Mais peut-être la présence du gendarme en civil n'était-elle pas étrangère à ce silence.

Laura sursauta en sentant une main se poser sur son bras nu. Elle pivota et reconnut le journaliste. Elle s'exclama, surprise :

– Que faites-vous là ?

Il rit.

– Je t'attendais, comme tu le vois. J'ai des choses à te dire, ou plus exactement à te montrer...

À ce moment le gendarme s'interposa, interrogateur. Laura le rassura :

– Je le connais, c'est Bob Marlot, le journaliste de *L'Est démocrate*, c'est à cause de lui que j'ai eu des ennuis d'ailleurs...

Bob Marlot éclata de rire.

– Tu veux parler de l'article que j'ai pondu sur toi ? Mais c'est exactement ce que tu voulais, non, sinon pourquoi serais-tu venue me solliciter au journal ?

Il ajouta, d'une voix ironique :

– En général, quand les gens veulent me voir, c'est pour que j'écrive sur eux, ils adorent avoir leur nom dans les journaux, ou encore mieux leur bobine, et après ils se plaignent qu'on leur fasse du tort ! À la télé c'est pareil : les gens participent en sachant que le présentateur va les démolir ! Mais en ce qui nous concerne, ma petite Laura, je n'ai fait que dire ce que tu voulais que je dise, en l'occurrence que tu es l'auteur de ce fameux bouquin...

Il lança un coup d'œil aux alentours.

– Si on s'écartait un peu du lycée et qu'on trouvait une terrasse de bistrot où bavarder tranquillement ?

Ils acquiescèrent, ils avaient soif et la perspective d'un panaché moussu assorti d'un peu d'ombre ne leur déplaisait pas. Mais ils étaient surtout curieux de ce que le journaliste allait leur révéler. Car s'il venait à leur rencontre, ce n'était pas pour les beaux yeux de Laura ni pour le plaisir de leur conversation !

Bob Marlot les entraîna dans l'arrière-cour d'un café-restaurant qu'il semblait bien connaître, car il embrassa la patronne sur les deux joues. Ils s'assirent sur des chaises de jardin et le journaliste fouilla dans la poche de sa veste. Il en sortit une feuille de journal un peu froissée qu'il déplia et lissa soigneusement sur la table avant de prier Laura et Guillaume d'en prendre connaissance. Ils se mirent à lire, écarquillant les yeux au fur et à mesure qu'ils découvraient l'article.

– Ça alors, murmura-t-elle d'une voix étrange, presque blanche, ça alors !

– Ça vous en bouche un coin, n'est-ce pas ? Je dois avouer qu'à moi aussi ! Comment peux-tu expliquer ça, ma petite Laura ?

Elle n'eut pas la force de lui demander d'arrêter de l'appeler ma petite Laura, elle articula difficilement :

– Je ne savais pas, quand j'ai imaginé le scénario de l'histoire… je ne savais pas.

Guillaume reposa son panaché et s'exclama :

– Tu veux dire que tu n'as pas pompé sur ce fait divers ? Que ça n'est que pure coïncidence ? Le fruit d'un hasard ? Tu te fous de nous ?

Laura sentit monter en elle une colère froide qui lui donna la force de dire :

– Oui, c'est le hasard, comment aurais-je pu connaître un événement qui s'est déroulé quand j'avais six ans ? C'est-à-dire il y a dix ans, ajouta-t-elle en désignant le journal. J'ai inventé, c'est aussi simple que ça, et le hasard a voulu que…

Elle n'acheva pas sa phrase, soudain glacée par ce qu'impliquait cette confusion entre fiction et réalité. Elle eut envie de s'emparer de ce maudit journal, de le déchirer, de l'annuler. Mais comment aurait-elle pu détruire un événement qui avait eu lieu ? Et dont elle avait imaginé une version presque semblable ?

– On te croit, l'apaisa Bob Marlot en avalant d'un trait le contenu de son verre. Mais reconnais que ce n'est pas banal ! Je me rappelais vaguement une affaire jamais élucidée il y a une dizaine d'années, c'est pourquoi j'ai fouillé dans les archives du journal. Après j'ai relu ton *Meurtre au lycée*, et j'ai été sidéré par les analogies... une lycéenne qui se fait tuer au sein de son établissement et qu'on retrouve morte dans le labo de chimie, victime d'une overdose...

– Dans mon roman, elle est découverte dans les toilettes, rectifia Laura.

– C'est un détail, reprit le journaliste. Donc elles sont toutes deux retrouvées mortes. Sauf que chez toi, si je puis dire, enfin dans la fiction, on aboutit à la conclusion que le décès n'est pas dû à un accident, mais qu'il s'agit d'un assassinat déguisé. Alors que dans la réalité l'enquête de la gendarmerie a conclu à un simple et malencontreux accident. Cette lycéenne a succombé suite à une dose massive de drogue qu'elle s'était injectée.

– Dans le labo de chimie ?

– Oui, je sais, c'est un endroit bizarre pour se shooter, mais les enquêteurs n'ont rien trouvé d'anormal à ça. Elle a dû attendre la fin des cours pour accomplir son geste, d'ailleurs l'article dit qu'on ne l'a retrouvée que le lendemain matin, et bien sûr il était trop tard, elle était morte depuis plusieurs heures. Si on l'avait retrouvée plus tôt, elle aurait pu être sauvée. Enfin peut-être ne voulait-elle pas être sauvée, peut-être s'agissait-il d'une sorte de suicide.

– Tout le monde veut être sauvé, rétorqua Laura.

Un silence s'ensuivit qui portait toutes les interrogations des jeunes gens. Comment un roman pouvait-il s'inspirer autant d'un fait réel lorsque l'auteur n'avait aucune connaissance de ce fait ? Cela signifiait-il donc que le roman était aussi vrai que la vie? Que la fiction et la réalité pouvaient s'imbriquer l'une dans l'autre jusqu'à ce qu'on ne puisse plus les différencier?

Guillaume trempa ses lèvres dans le breuvage blond avant de déclarer :

– Ce qui est sûr, c'est que le roman va jusqu'au bout, alors que dans le fait divers – il désigna du menton le journal étalé entre les verres – l'enquête semble capoter. Dans le roman on démasque un coupable ; dans la réalité on l'a laissé courir, je parle de celui qui a vendu la drogue à la fille, et qui a provoqué sa mort. Bref, le roman est plus juste que la vie. Ce qui ne m'étonne pas, dans la vie on ne comprend jamais rien à ce qui se passe, tout est si ambigu. Et j'ai toujours pensé que cette ville, ce lycée, apparemment si clean, cachaient des secrets... Comment expliquer? C'est trop calme, trop net, trop gentil. Trop parfait, quoi.

Bob Marlot se leva après avoir déposé un billet de dix euros sur la table.

– Je vous laisse cogiter ! Le devoir m'appelle, je me sauve ! Je vous offre le papelard, cadeau !

Ils regardèrent le journaliste traverser la cour et s'engouffrer dans la rue.

Le gendarme faisait les cent pas sur le trottoir, dans la chaleur, s'essuyant le front et pestant contre son supérieur qui l'avait jeté dans cette galère. Il se rasséréna en songeant qu'il y avait sans doute plus pénible que de surveiller deux gamins qui, pour l'instant, semblaient se tenir à carreau.

– C'est fou, prononça Laura au bout d'un moment, si j'avais su, je ne me serais jamais lancée dans cette histoire !

Guillaume ne répondit pas, absorbé par des pensées qui amenaient des rides sur son front. Il passa sa main sur ses yeux, comme s'il voulait chasser la vision qu'il venait d'avoir, Laura, la seringue, la drogue… Non, il s'agissait d'une autre fille, de deux autres filles – une réelle, celle du journal, qui à présent reposait sous terre, et une en papier qui continuait à vivre sur les rayons des librairies – et ces deux adolescentes n'avaient rien à voir avec Laura assise en face de lui devant son verre vide.

– Je me sens un peu dépassé par tout ça, et puis je crois qu'il faut qu'on arrête de mélanger les genres : il y a d'un côté la fiction et de l'autre la vie. Ton histoire, ce qui t'arrive en ce moment, la lettre de menace, la voiture, ça n'a rien à voir avec le reste. Ni avec le fait divers qui s'est déroulé il y a dix ans, ni avec *Meurtre au lycée*. C'est impossible.

Il répéta, comme s'il essayait de s'en convaincre et comme pour annuler la vision fugitive de Laura avec la seringue tueuse :

– Rien à voir.

Ils oublièrent l'article sur la table.

8

Le dernier jour de cours était arrivé. La cour du lycée Voltaire paraissait déserte, presque morte. La majorité des lycéens, ceux de classe de première et de terminale déjà libérés pour cause d'examen, et ceux des classes de seconde qui étaient de sortie avec leurs professeurs, manquait.

Seuls quelques filles et garçons franchissaient la grille qui ouvrait sur la rue, sur les vacances, sur la liberté. Il faisait encore plus chaud, plus lourd que les jours précédents, comme si l'été voulait affirmer sa puissance.

Guillaume attendait Laura pour la dernière fois de l'année. Il scrutait la cour mais n'apercevait pas la silhouette de la jeune fille. Sans doute s'était-elle attardée avec ses camarades de classe ou avec un de ses professeurs.

Il s'appuya contre la grille et décida de patienter encore un peu. Il songeait aux événements de ces derniers jours, la voiture qui avait failli les faucher près du canal, la révélation du journaliste sur ce fait divers que la ville entière semblait avoir oublié. Il en avait parlé à ses parents, lesquels avaient secoué la tête, eux non plus ne se souvenaient de rien. Guillaume en avait été révolté : ainsi une adolescente mourait d'overdose dans une petite ville apparemment calme et personne ne s'en souciait !

Depuis ce jour, il ne regardait plus le lycée avec le même œil, il avait l'impression que celui-ci, dans sa blancheur livide, recélait des secrets inavouables, mais il gardait cette désagréable sensation pour lui afin de ne pas inquiéter Laura.

Guillaume sourit : il était amoureux de Laura.

À l'intérieur, Laura attendait que Mme Dunois, la prof de français, daignât finir son discours sur les textes classiques qu'il fallait avoir lus pour la rentrée. Depuis dix minutes déjà elle résistait à l'envie de se lever et de filer aux toilettes.

Enfin la prof leur souhaita bonnes vacances et elle put empoigner son sac et se hâter vers la délivrance.

Elle s'arrêta net devant la feuille de papier punaisée sur la porte et qui annonçait :

« Toilettes en travaux, ne pas utiliser. »

Elle réfléchit. Il fallait qu'elle trouve une solution. Sinon elle ne répondrait pas de ce qui arriverait.

Les toilettes les plus proches étaient réservées aux profs. Elle n'hésita pas plus d'une fraction de seconde.

Elle monta les escaliers. Le second étage était désert, les portes fermées. Un grand silence régnait dans ces lieux habituellement si vivants. Mais Laura n'eut pas le temps de se perdre en réflexions, elle courut jusqu'à la porte du fond et la poussa. Elle s'engouffra dans les toilettes en se félicitant de son idée.

Le bruit de la chasse d'eau couvrit le chuintement de la porte qui s'ouvrait. Lorsqu'elle sortit, elle vit un homme de dos qui se lavait les mains sous le robinet du lavabo, juste devant elle. Elle sentit comme un grand creux dans sa poitrine. L'homme se retourna, elle le reconnut, elle l'avait plusieurs fois côtoyé chez les parents d'Agathe.

Elle soupira et s'exclama :

– Vous m'avez fait peur !

Guillaume s'impatientait dans la cour vide. Le gendarme dardait lui aussi les yeux vers la porte vitrée qui laissait encore passer, de temps à autre, quelques professeurs au sourire éloquent.

– Je vais voir ce qu'elle trafique, lui annonça Guillaume.

Le gendarme acquiesça d'un signe de tête et emboîta le pas à Guillaume qui se dirigea vers la salle de français.

Elle était désespérément vide.

Où peut-elle bien être ? se demanda le jeune homme.

– Elle est aux toilettes, se rappela brusquement le gendarme novice, elle me l'a dit tout à l'heure, c'est pour ça que je suis sorti dans la cour...

Guillaume le guida dans le dédale des couloirs. Il commençait à sentir une inquiétude diffuse le grignoter.

Ils tombèrent sur la feuille punaisée sur la porte.

– Où est-elle alors ?

– Elle a dû sortir, déclara le gendarme.

Mais Guillaume savait, lui, que Laura ne disposait pas d'une grande autonomie vésicale et qu'en aucun cas elle n'aurait abandonné son projet. Elle avait sans doute cherché un autre endroit, mais lequel ?

– On va voir chez les profs, annonça-t-il, c'est ce qu'il y a de plus près.

Il grimpa les escaliers, le gendarme sur ses talons.

Il poussa la porte qui résista.

– Merde, elle est fermée...

– Personne ne peut y être, alors, conclut le gendarme.

– Taisez-vous ! lui intima Guillaume, ou plutôt allez vérifier dans l'autre bâtiment, il y a des toilettes à chaque étage, moi je vais essayer d'ouvrir...

Le gendarme s'éloigna. Guillaume sortit un couteau suisse de sa poche et commença à triturer la serrure qui tint bon. Il s'apprêtait à partir lorsqu'il crut entendre un faible gémissement de l'autre côté.

– Laura, tu es là ?

Personne ne répondit. Guillaume crut qu'il avait rêvé lorsqu'un second gémissement arriva jusqu'à lui, faible, ténu, mais distinct. Il ne rêvait pas.

Alors il fit ce qu'il voyait dans les feuilletons télévisés, il prit son élan et bondit sur la porte, une épaule en avant. La serrure céda, et il put entrer.

Il la trouva la tête dodelinant contre la cuvette, les yeux fermés. À côté d'elle une seringue qui venait de servir, un garrot en caoutchouc, tout l'attirail des junkies ainsi qu'une clef, sans doute celle de la porte.

Guillaume s'agenouilla à côté d'elle, colla son oreille contre sa poitrine, poussa un soupir de soulagement.

Elle respirait.

Faiblement mais elle respirait.

Guillaume arpentait le couloir d'un pas nerveux, jetant de temps à autre un regard sur la porte derrière laquelle Laura venait d'entrer, couchée sur un brancard. On était au service des urgences, et bien des familles attendaient, comme lui, en proie à l'angoisse.

Les parents de Laura étaient arrivés et discutaient avec le médecin qui avait donné les premiers soins à la jeune fille. Guillaume ignorait le résultat de cette entrevue et se perdait en conjectures. Était-il arrivé à temps ? Laura serait-elle sauvée ?

Lorsque le médecin urgentiste sortit de la pièce, Guillaume se précipita sur lui :

– Alors ?

Le toubib fit un signe d'apaisement.

– Je ne peux pas encore avoir de certitudes, disons qu'elle a une chance sur deux. La drogue qu'elle s'est injectée est un produit particulièrement dangereux et elle n'y est pas allée de main morte.

– Ce n'est pas elle ! s'exclama Guillaume.

Le médecin rétorqua :

– Ce n'est pas mon problème, vous vous arrangerez avec les gendarmes.

Il s'éloigna, laissant Guillaume complètement désemparé.

Il s'affala sur une chaise et se mit à réfléchir. Il lui semblait qu'il fallait faire vite pour découvrir le coupable. Il fallait agir, au lieu de rester planté dans cet hôpital et d'attendre que le meurtrier se rende à la justice.

Il revit la scène, la seringue, l'attirail nécessaire à la préparation de la poudre, le garrot en caoutchouc, le même que celui qu'utilisaient les infirmières. Et la mère de Laura était aide-soignante, travaillait dans un hôpital... Laura lui avait un jour raconté qu'elle se rendait de temps en temps dans le service de sa mère, qu'elle aimait fureter dans les couloirs. N'en profitait-elle pas pour se fournir en seringues ?

– Je suis fou, murmura-t-il entre ses dents, elle ne se shoote pas, c'est impossible.

Mais il se rappela le reportage vu à la télé, les déclarations des parents effondrés. Eux non plus n'avaient rien vu, n'avaient rien soupçonné, jusqu'au bout, parfois jusqu'à ce que la mort leur ouvre les yeux. Laura avait-elle, elle aussi, gardé son secret morbide ?

Il essaya de se représenter la jeune fille, les cheveux auburn que le soleil faisait briller, les yeux bruns si vivants, la peau hâlée où il lui semblait impossible qu'une aiguille puisse s'enfoncer afin de perpétrer une œuvre de mort. Et qu'avait-elle à fuir en voulant accéder à ces paradis artificiels ?

Tout, répondit une voix qui emplit sa tête avec force, ses parents, son père, sa vie.

Soudain, la vie que menait la jeune fille, entre ses parents accaparés par leurs soucis et ses petites sœurs indifférentes, lui apparut avec clarté. Oui, elle avait des tonnes de raisons pour vouloir échapper à cela... Mais avec quel argent se procurait-elle la drogue ?

L'argent d'Agathe, c'était probable, les droits d'auteur que lui avait versés la jeune fille peu avant sa mort.

Ça collait. Ne manquait que le pourvoyeur. Il fallait bien à Laura un pourvoyeur. Comment l'aurait-elle rencontré ?

La voix ricana : il y en a partout, quand on veut on trouve.

Évidemment.

Mais et toi ? interrogea la voix, j'avais l'impression que la petite Laura n'était pas indifférente à ton charme puissant, alors quand on est amoureuse, on plante son bien-aimé sur le trottoir et on file se piquer en douce dans les chiottes ?

La vie n'est pas toujours logique, et les gens non plus, la vie est moins limpide que le roman, répliqua Guillaume.

Il sursauta, n'étaient-ce pas les paroles qu'avait prononcées Laura la veille, devant son verre de panaché ?

Il essaya de se souvenir avec précision du dernier passage de *Meurtre au lycée*.

Clara était morte d'une overdose, et le coupable venait d'être appréhendé. Il s'agissait d'une personne respectable, un bon mari et père de famille qui jouissait d'une excellente réputation. Un homme au-dessus de tout soupçon. Un notable de province qui faisait partie du Tiger, le club le plus sélect de la ville. Ce qui ne l'empêchait pas d'être à la tête d'un réseau de drogue qui fournissait les ados du lycée.

Instinctivement Guillaume se mit à cataloguer les personnes de leur entourage, susceptibles de correspondre à ce portrait. Détail de taille dans le roman, le coupable était professeur de physique dans un lycée. (Ce qui en disait long sur l'amour que Laura portait à cette matière.)

Un prof au-dessus de tout soupçon. Guillaume n'arrivait pas à en imaginer un seul, officiant avec une seringue qu'il planterait dans le bras des jeunes filles, entre deux cours.

Un prof meurtrier, c'était bien une idée de romancière !

Il se secoua, comme pour revenir sur terre. Laura reposait toujours sur son lit, de l'autre côté de la porte, entre la vie et la mort, veillée par ses parents.

Il marcha vers la porte sans savoir ce qu'il allait faire. Sans doute rentrer chez lui, et attendre. Cette hypothèse lui parut infernale. Il fallait faire quelque chose, mais quoi ?

Il se retrouva sur le trottoir, la chaleur aussitôt l'assaillit. L'été s'annonçait torride.

Machinalement il se dirigea vers la gendarmerie. Le capitaine Camus, sans doute, l'aiderait, peut-être même avait-il reçu les conclusions de l'expertise, avec un peu de chance on aurait retrouvé des traces d'empreintes sur la lettre de menace, et ces indices permettraient d'identifier l'auteur de la missive et par conséquent de remonter la filière.

Il pressa le pas. Laura était couchée sur son lit d'hôpital. Résisterait-elle au poison qu'elle ou plutôt qu'on lui avait injecté ? Le médecin ne s'était pas prononcé et toutes les éventualités, même les pires, étaient à envisager. Il frissonna. Agathe d'abord, Laura ensuite... La série noire, pensa-t-il, s'était déclenchée peu après la parution de ce maudit bouquin.

Les bâtiments de la gendarmerie se profilèrent dans la chaleur, comme nimbés de brume et Guillaume s'engagea dans l'allée qui menait à l'accueil.

Le hall était vide, hormis un planton qui tapait sur un clavier à l'aide de deux doigts. Il tourna la tête vers l'arrivant, soulagé de se voir distrait dans son fastidieux travail de saisie.

– Je voudrais parler au capitaine Camus, annonça le jeune homme en s'appuyant contre le rebord du comptoir.

La réponse fusa, rapide et sans ambiguïté. Guillaume écarquilla les yeux et bredouilla :

– En vacances ? Il est en vacances ?

– Oui, répondit son interlocuteur en haussant les épaules, qu'y a-t-il de bizarre à ça ? Nous aussi nous avons des familles, des enfants, et nous avons droit à des vacances, comme n'importe qui…

Guillaume l'interrompit dans sa diatribe :

– Mais il était en pleine affaire !

– L'affaire suit son cours, rétorqua le planton de service, et il a transmis les dossiers à son adjoint, voulez-vous que je l'appelle ?

Guillaume secoua la tête et pivota sur ses talons après avoir murmuré un au revoir machinal.

– Vous êtes sûr que vous ne voulez pas faire une déposition ? entendit-il dans son dos.

Il se retrouva à nouveau planté sur le macadam qui par endroits fondait sous le soleil brûlant. Il épongea son front avec un vieux mouchoir en papier qu'il retrouva au fond de sa poche et songea, l'éclair d'un instant, qu'il aurait été mieux à la piscine, avec les autres qui sans doute s'en donnaient à cœur joie sur les plongeoirs.

Il se remit à marcher, au hasard des ruelles, et aperçut soudain l'enseigne de *L'Est démocrate* arborant ses lettres rouges juste au-dessus de lui.

Il poussa la porte, gravit les vieux escaliers de bois, et frappa à la porte où le mot rédaction avait perdu une lettre, et se lisait « réaction ».

Il entra. Bob Marlot était assis derrière son bureau, une pipe éteinte à la bouche, en train de lire *Les Dernières Nouvelles de Lorraine*, le concurrent direct de *L'Est démocrate*.

– Quel bon vent t'amène ? commença-t-il.

Mais voyant la mine renfrognée de Guillaume, il changea de ton.

– On dirait que ça ne va pas...

Guillaume s'assit lourdement sur la chaise défoncée que le journaliste lui désigna et commença à raconter.

L'autre écouta attentivement, la pipe au bec, les avant-bras posés sur le journal étalé sur sa table surchargée de dossiers. Il régnait dans la petite pièce une atmosphère lourde d'imprimante surchauffée et de tabac froid. Guillaume réprima un haut-le-cœur.

– Dis donc, ta copine cachait bien son jeu, s'exclama Bob Marlot quand le jeune homme eut achevé son récit, qui eût cru ça ? Décidément les gens m'étonneront toujours, surtout les jeunes filles !

– Vous ne croyez quand même pas que c'est elle qui...

La colère avait pris le pas sur le doute qui s'instillait en lui, il éclata :

– Elle n'aurait pas été capable de faire ça !

Le journaliste retira sa pipe de sa bouche, et répondit calmement :

– C'est toujours ce qu'on croit ! Mais la réalité est souvent différente de l'image que l'on se fait des gens. Crois-en mon expérience de la nature humaine !

– Elle me fait vomir, votre expérience, hurla Guillaume, moi je sais qu'elle est victime...

– Les drogués sont tous des victimes, remarqua Bob Marlot qui tripotait sa pipe, la curant et étalant les débris noirs et nauséabonds sur la feuille de son concurrent. Prenons, veux-tu, les faits l'un après l'autre et analysons-les tranquillement. Premièrement, la porte des toilettes était fermée à clef, puisque tu as dû la défoncer pour entrer. Qu'avait Laura à côté d'elle ? Les clefs... laisse-moi parler, je t'en prie, tu me répondras quand j'aurai fini... Ensuite, elle présentait tous les signes de la fille qui vient de se piquer : livide, inerte, ailleurs. C'est toi qui le dis, tu n'as rien inventé puisque tu l'as vue. Aucune trace de violence, elle n'avait pas l'air de quelqu'un qui s'est débattu. Aucun hématome, aucune griffure sur les bras nus et les vêtements parfaitement en ordre. Avec à côté d'elle tout le matériel nécessaire, là aussi, tu l'as vu, de tes yeux vu.

– Elle est allée se shooter dans les toilettes ? C'était certainement pas l'endroit idéal.

– Pour toi peut-être ! Mais elle pouvait y trouver des avantages. Où aurait-elle pu le faire ? Chez elle ? Elle n'a pas sa propre chambre ! Chez toi ? Dehors ? Au risque de se faire pincer par les gendarmes ou la police municipale. Non, finalement, c'était un bon endroit, calme, et on ne risquait pas de la retrouver de sitôt. Comme elle avait les clefs, elle pouvait tranquillement profiter de son shoot et repartir dès qu'elle émergerait. Elle ne risquait pas d'être dérangée, en tout cas beaucoup moins que n'importe où ailleurs !

Guillaume se mordit les lèvres. Il devait reconnaître que les arguments du journaliste ne manquaient pas de logique. Mais qu'y avait-il de logique dans cette histoire ?

Il se secoua, comme s'il voulait se débarrasser de l'image d'une Laura autre que celle qu'il connaissait. Encore une fois, il se souvint de la maxime de Proust : « On croit connaître les gens avec qui nous vivons jusqu'à ce que survienne un événement qui nous les montre autres que nous les savons. »

– J'y crois pas, prononça-t-il d'une voix forte, et je vais le prouver.

Il se mordit les lèvres derechef en se disant in petto que s'il continuait ainsi il allait se retrouver avec la bouche en compote.

– Le plus sage, reprit le journaliste, est d'attendre. Elle finira par sortir de son coma et elle nous racontera sa version des événements...

– Attendre, rugit Guillaume, toujours attendre, vous n'avez que ce mot à la bouche, vous les vieux! Moi, je veux agir, et savoir, et découvrir la vérité quelle qu'elle soit, plutôt que d'attendre...

– Et lui apporter le coupable sur un plateau, comme dans les feuilletons télévisés, dès qu'elle ouvrira un œil, toc, « je te présente ton assassin », ironisa Bob Marlot.

– J'ai une idée, reprit Guillaume en ignorant sciemment les dernières paroles de son vis-à-vis, j'ai décidé de suivre la trame du roman. Et, continua-t-il précipitamment en apercevant la lueur mordante qui s'allumait dans les yeux du journaliste, de faire une liste de coupables potentiels. Si vous me donnez une feuille de papier, je peux les noter...

Bob Marlot poussa une feuille vers son visiteur.

– Si ça te fait plaisir.

Il se replongea dans la lecture de son journal, releva les yeux lorsque Guillaume, quelques minutes plus tard, lui tendit la feuille noircie de noms.

– J'ai choisi dix professeurs insoupçonnables, pourvus de famille et d'une vie apparemment rangée des voitures, expliqua Guillaume d'une voix vibrante, des profs très efficaces en plus, et sinon sympas du moins justes et irréprochables. Ils habitent ici, ils connaissent Laura au moins de vue, et ils ont tous entendu parler de son roman.

– Bref, des assassins idéaux, évidemment, s'exclama Bob Marlot, et tu veux faire quoi avec ça ? Aller fouiller chez eux, ou leur annoncer que tu les as démasqués, peut-être sont-ils tous de mèche pour détruire la pauvre petite lycéenne qui ne leur a rien fait… tous jaloux de son talent ?

– Pourquoi pas ? rétorqua le jeune homme en essayant de ne pas s'offusquer du ton de son interlocuteur, il y a bien un mobile ! L'assassin est un frustré qui ne supporte pas qu'une gamine ait plus de talent que lui, un écrivain avorté, ou un écrivain incapable de raconter une histoire, mais qui s'obstine, enfin un truc de ce genre. Les gens sont tellement tordus…

– Bon, grommela le journaliste, acceptons-en l'augure ! Donc parmi ces noms se cache celui qui nous intéresse. Voyons de plus près !

Il lut à mi-voix :

– Dumas, Lecaut, Sanchez, Valéroy, Malvoy, Bertrand, Bauer, Fischman, Dauris et Louette.

Il réfléchit, et brusquement farfouilla dans un des tiroirs de son bureau. Il en ressortit un dossier cartonné dont il se mit à extraire quelques photos récentes.

Il les tendit à Guillaume.

– Ce sont les clichés que j'ai pris le jour de l'enterrement, regarde si tu vois un de ces profs-là !

Il soupira :

– Ce que tu ne me fais pas faire ! Mais bon je vais jouer ton jeu, finalement ton hypothèse n'est pas plus absurde qu'une autre. En tout cas, si tu dis vrai, il doit y avoir une ou plusieurs des personnes que tu as sélectionnées sur les photos de l'enterrement. Car j'imagine que la mort, même accidentelle, d'Agathe a dû lui faire plaisir ! Il croyait à ce moment-là qu'elle était l'auteur du bouquin, ne l'oublions pas ! Et sa mort l'a soulagé d'un grand poids...

Il continua à marmonner, pendant que le jeune homme consultait attentivement les photos :

– Si Agathe avait été le véritable auteur, il s'en serait bien tiré ! Ni vu ni connu ! Il n'aurait pas eu besoin de s'en prendre à Laura.

Il se tut un instant, comme s'il venait d'en dire trop, avant de lancer, peut-être pour annuler ses propos :

– Tu me fais tourner en bourrique ! Et du coup j'en perds toute rationalité !

Guillaume releva la tête.

– Il y en a deux ! Un prof de maths – il désigna un homme à moitié dissimulé par une autre silhouette – et un prof de philo. Celui-là, je le connais, je l'ai déjà croisé plusieurs fois chez les Conrad. Il fait partie du Tiger, le même club que le père d'Agathe, et ils étaient souvent invités chez les Conrad pour jouer au bridge ou pour dîner, lui, sa femme et leurs deux gosses. Et c'est Agathe qui s'occupait des mômes. Et, poursuivit-il d'une voix excitée, je sais aussi qu'il a des velléités d'écriture, Agathe m'en avait soufflé un mot, il voulait se lancer dans un roman, il a même demandé à Agathe comment elle s'y était prise pour dénicher un éditeur, c'était peu avant sa mort...

– Et pour se venger de je ne sais quoi, il l'a tuée...

– En tout cas, il était à l'enterrement !

Bob Marlot ne répondit pas. Il observait la photo de ses yeux perçants, comme s'il espérait découvrir sur le visage du prof un indice qui eût pu corroborer les affirmations de Guillaume. Enfin, il laissa retomber le cliché sur le bureau.

– Je le connais ! Il s'appelle Gauthier Malvoy, son père était toubib, son frère a pignon sur rue, enfin une famille bourgeoise de génération en génération. S'il y a des cadavres dans le placard, ils sont bien cachés, c'est le genre où le silence est roi, si tu vois ce que je veux dire.

– Seul le silence est grand.

– Ah oui, rétorqua son interlocuteur, c'était le message anonyme qu'a reçu Laura si mes souvenirs sont bons.

– Ils le sont, affirma Guillaume qui avait du mal à réfréner son enthousiasme, je suis sûr que c'est lui. Je le sens, j'ai un pressentiment, une intuition si vous préférez.

– Hélas, sourit le journaliste, on n'arrête pas des coupables sur de simples intuitions...

– On devrait ! rétorqua le jeune homme, en tout cas, moi j'y vais, je sais où il habite, tout le monde le sait, l'avantage des petites villes...

– Je t'accompagne, décida brusquement Bob Marlot, on fait peut-être une connerie, mais ça me rappelle furieusement mes seize ans !

9

La Renault déglinguée du journaliste s'arrêta pile devant le pavillon neuf où habitait le professeur de philosophie Gauthier Malvoy. Il ne se différenciait en rien des maisons qui l'entouraient, toutes construites sur le même plan, avec un jardinet où tentaient de pousser quelques arbustes malingres.

– En tout cas, on ne peut pas dire qu'il vit au-dessus de ses moyens, remarqua Bob Marlot, il n'y a pas plus banal.

Ils s'extirpèrent de l'habitacle surchauffé et s'approchèrent de la grille qui séparait le pavillon de la rue.

– Et maintenant on fait quoi ? demanda le journaliste en tournant vers Guillaume un visage moqueur. On sonne et on lui demande si c'est lui le tueur ?

– On sonne, décida Guillaume, on improvisera après...

– Bien, bien, tu as l'air d'aimer le ridicule, remarque il ne tue pas !

Il laissa échapper un rire sonore pendant que son acolyte appuyait sur la sonnerie.

Une jeune femme d'une trentaine d'années finit par sortir de la maison et s'approcher de la grille. Elle était entourée de deux enfants, des jumeaux, un garçon et une fille de quatre ans environ et son ventre rond annonçait une prochaine naissance.

– Bonjour madame, prononça Guillaume d'une voix mal assurée, j'aimerais discuter avec M. Malvoy, votre mari je crois...

La jeune femme se força à sourire.

– Justement je pensais que vous veniez pour lui. Il a dû être retardé au lycée, ça lui arrive, il est si soucieux de bien faire, si proche de ses élèves... Ce qui est bizarre, c'est qu'il ne m'ait pas prévenue, et il est tard, j'ai déjà fait dîner les enfants...

Elle marqua un temps d'arrêt et reprit d'une voix plaintive :

– J'ai essayé de l'appeler sur son portable, c'est alors que je me suis rendu compte qu'il l'avait oublié à la maison. J'ai voulu contacter le proviseur mais je suis tombée sur son répondeur. Et un des collègues de mon mari que je suis arrivée à joindre prétend l'avoir vu quitter le lycée peu après seize heures.

Seize heures, récapitula intérieurement Guillaume, ça colle, en quelques minutes c'était fait, et lui dehors... Mais ensuite qu'est-il devenu ?

– Je ne sais que penser, avoua la jeune femme, je viens d'avoir la gendarmerie au bout du fil, elle n'a enregistré aucun accident de la circulation ces dernières heures.

Elle a passé son temps au téléphone, se dit Guillaume, elle doit vraiment se demander ce qui se passe.

– Votre mari a-t-il pris des affaires, je ne sais pas, une valise, un attaché-case ?

– Non, j'ai vérifié, soupira-t-elle, et de toute façon, reprit-elle visiblement indignée, le rouge colorant ses pommettes pâlichonnes, je ne vois pas ce qu'il aurait fait avec une valise ! On part en vacances la semaine prochaine ! On a réservé une location en Bretagne.

– Son passeport, questionna le journaliste sans se laisser démonter, le porte-t-il sur lui ?

Elle réfléchit quelques secondes puis opina de la tête.

– Je crois, il garde toujours ses papiers sur lui. Il est très méthodique vous savez, ce n'est pas un de ces philosophes toujours dans la lune, lui il ne perd rien, n'oublie rien...

– Pourtant il a bien oublié son portable, remarqua Guillaume.

– Oui, reconnut-elle, je ne me l'explique pas, ça ne lui est jamais arrivé.

Il n'en a plus besoin, conclut le jeune homme dans son for intérieur, alors il l'a laissé derrière lui, comme ultime signe de sa présence, comme un cadeau peut-être, le dernier avant le grand saut. Ils remercièrent la jeune femme qui oublia de leur demander la raison de leur visite. Ils remontèrent dans l'antique Renault et le journaliste démarra en trombe avant de ralentir quelques mètres plus loin.

– Et maintenant que fait-on, lieutenant ?

Il n'y avait plus la moindre trace d'ironie dans sa voix. Guillaume le remarqua et s'exclama :

– Vous voyez que nous sommes sur la bonne piste ! L'oiseau s'est envolé ! Alors où peut-il vouloir se rendre ?

– Quelque part où recommencer une nouvelle vie, affirma le journaliste, les yeux fixés sur la route, c'est d'une banalité ces hommes qui approchent de la quarantaine et qui larguent femme et enfants pour aller bâtir des châteaux en Espagne ou ailleurs.

– Probablement pas en Espagne, c'est trop près de la France, et il doit avoir de bonnes raisons de quitter le vieux continent.

– Alors en route pour l'aéroport ! En espérant que l'oiseau ne se soit pas envolé !

Les bâtiments de l'aéroport arboraient les couleurs du couchant, le ciel au-dessus du béton blanc était strié de rouge et de jaune, annonciateurs d'un lendemain glorieux.

Le cœur de Guillaume se serra. Laura verrait-elle le lever du jour ? Ou bien ses yeux seraient-ils fermés à jamais aux beautés du monde ?

Ils eurent un mal fou à dénicher une place de stationnement et durent parcourir à plusieurs reprises les parkings bondés avant de tomber sur la perle rare. Quelques minutes plus tard, ils s'engouffraient en courant dans le hall des départs.

Des quantités incroyables de chariots obstruaient le passage, et ils peinèrent à trouver un endroit propice à l'observation des lieux. Mais comment repérer un homme au physique banal, vêtu comme n'importe quel voyageur et qui, peut-être, était déjà dans le hall d'embarquement, à l'écart des regards ?

– Je vais jeter un coup d'œil au tableau des avions en partance, déclara Bob Marlot, surtout ne bouge pas, je reviens dans deux minutes !

Il franchit la foule, non sans peine. Guillaume continua à scruter les visages qui passaient devant lui, mais il se rendit vite compte de l'inanité de ses recherches. D'abord comment être sûr que ce type soit là ? Il pouvait aussi bien déguerpir en bagnole, franchir la frontière italienne, espagnole ou belge et s'envoler d'une capitale européenne. Ou simplement était-il rentré chez lui, avait-il rejoint sa femme et ses enfants et discutaient-ils en ce moment de leurs prochaines vacances.

Guillaume ne tenait plus en place. Ce tohu-bohu lui donnait le vertige. Il fit quelques pas et s'arrêta. Il avait une vue superbe sur la porte d'embarquement numéro 13. Un chiffre porte-bonheur, se dit-il spontanément. De la chance, il en avait besoin !

Et la chance lui sourit. Il s'approcha pour vérifier. Il n'y avait aucun doute : c'était lui ! Il portait une perruque blonde pour cacher ses cheveux noirs, ras, et une moustache pour modifier ses traits, mais c'était bien lui !

Guillaume s'avança encore et se jeta sur Gauthier Malvoy. L'homme, en train de tendre son passeport au policier de l'air et des frontières, faillit perdre l'équilibre et se rattrapa de justesse à la jeune fille qui l'accompagnait.

Guillaume en profita pour hurler :

– Ne le laissez pas passer ! C'est un... terroriste, acheva-t-il, horrifié de son audace, mais c'était tout ce qu'il avait trouvé pour qu'on le prenne au sérieux.

En effet, cette déclaration souleva des murmures, et un début de panique s'éleva dans la rangée de touristes.

Se sentant soutenu, Guillaume hurla :

– La preuve, il est déguisé, il porte une perruque et une fausse moustache !

D'un geste brusque, il tendit la main pour prouver à la foule médusée la véracité de ses dires. Mais la moustache ne céda pas.

– Une perruque, éructa l'homme, et quoi encore !

Il tira lui-même sur ses cheveux de toutes ses forces :

– Ce gamin est fou !

Soudain, sa colère retomba et il annonça calmement :

– Si c'est une blague pour me faire louper mon avion, faut le dire !

On fit quelques vérifications, mais déjà Guillaume se confondait en excuses que l'homme accepta en déclarant qu'il n'avait pas de temps à perdre en enfantillages et que, pour cette raison, il passerait l'éponge.

Guillaume s'éloigna sous le regard courroucé du policier.

Il chercha un moment le journaliste dans le hall et décida en désespoir de cause de s'offrir un Coca sur la terrasse qui donnait sur le tarmac. Tout était fini, il s'était trompé de bout en bout, et il ne pouvait que rentrer et attendre le réveil de son amie. Alors elle dénoncerait son agresseur, et il devrait lui annoncer qu'il l'avait laissé filer.

La gorge sèche il s'approcha du comptoir où brillaient les becs des percolateurs. Il avala son Coca d'une traite et reposa son verre vide sur le bois vernissé. Il paya, et décida d'aller jeter un coup d'œil aux avions qui prenaient de la vitesse au sol pour s'élancer dans la nuit qui commençait à tomber.

C'est alors qu'il l'aperçut, dans le coin réservé à la restauration – depuis peu, l'aéroport, bien que de taille moyenne, avait agrandi son restaurant où venaient dîner les habitants des environs.

Assis devant une table, le professeur de philo était en train de déguster un plateau de fruits de mer, élégamment vêtu de blanc, un chapeau reposant sur une chaise. Il ne remarqua pas le regard qui le scrutait et sursauta à peine lorsque Guillaume s'installa en face de lui.

– Bonjour, commença-t-il d'une voix aimable, je peux vous tenir compagnie une minute ? Je m'appelle Guillaume Dufour et je suis dans le même lycée que vous, mais de l'autre côté de la barrière...

Gauthier Malvoy leva la tête de son plateau.

– Ah oui ? Et vous avez quelque chose à me dire ? Dans ce cas, dépêchez-vous, j'embarque dans une heure, et j'ai encore une langouste à déguster...

Il empoigna la bestiole et se mit à la décortiquer de ses longs doigts fins. Tout en lui respirait l'aisance, l'élégance, depuis ses chaussures impeccablement cirées jusqu'au costume de lin pâle qui seyait admirablement à son teint légèrement hâlé. Il a de la prestance, admit Guillaume, et du panache, attendons de voir...

Il commença à parler sans que l'autre se départisse de son air satisfait.

– Je vous accuse d'être à l'origine de la mort de Clara il y a dix ans ! Je vous accuse d'avoir monté une filière de drogue à l'intérieur des lycées ! Je vous accuse d'avoir essayé de tuer une nouvelle fois, en injectant cette merde à Laura pour faire croire à une overdose ! Je vous accuse de tenter de vous enfuir pour échapper à la justice !

– Vous avez des preuves, jeune homme, de ce que vous affirmez avec tant de virulence ? Savez-vous que nous vivons dans un État de droit et que vous ne pouvez accuser un homme aussi facilement ? Mais enfin je serai magnanime, je garderai sous le sceau du secret vos folles confidences... à condition que vous me laissiez finir mon repas en silence.

– Le silence, prononça Guillaume, c'est bien votre truc, ça ! Pour un prof de philo c'est plutôt mignon ! Je croyais que tout était langage.

Le professeur eut un sourire méprisant, mais Guillaume ne lui laissa pas le temps de répondre, déjà d'un geste brusque il tirait de la poche de la veste en lin clair le livre qui s'y trouvait et le brandit.

– Et ça, c'est quoi ? L'arme du crime ? Ou la cause du crime ?

Il ouvrit le roman à l'avant-dernière page et lut à voix haute :

– *Clara reposait sur son brancard, les yeux clos. Elle était si jeune et si belle qu'on aurait pu penser qu'elle dormait en attendant son prince charmant. Mais elle était bel et bien morte, et le prince, aucun prince, ne viendrait la réveiller. Morte à cause d'un professeur qui avait assassiné sa jeunesse, son appétit de vivre, sans remords, sans état d'âme, par cupidité. L'argent, toujours l'argent, le nerf de la guerre, la source de tous les maux. Le professeur aimait l'argent. Trop. Clara avait payé.*

Gauthier Malvoy fixait son vis-à-vis d'un regard étrange. Guillaume risqua sa dernière cartouche :

– Ce n'est pas la peine de faire un esclandre, on vous attend dans le hall, nous allons redescendre gentiment tous les deux. Vous avez certainement les moyens de prendre un bon avocat…

Il ajouta entre ses dents :

– Avec le fric que vous vous êtes fait sur le dos des jeunes en leur vendant votre infâme merde !

Le professeur ne bougea pas. Il semblait considérer sa langouste avec regret. Avant que Guillaume ait pu faire un geste pour le retenir, il se précipita vers la terrasse dont les baies vitrées étaient largement ouvertes. Sous les yeux ahuris des visiteurs, il escalada la rambarde et dégringola les marches qui aboutissaient au tarmac.

Guillaume le suivit. Arrivé sur les pistes il ralentit devant le spectacle du ballet incessant des avions qui décollaient et atterrissaient à un rythme soutenu. L'autre ne sembla pas s'apercevoir du danger, il courait en direction des champs qui s'étalaient à perte de vue, d'où il pourrait regagner la route et s'enfuir vers une nouvelle vie.

Il va réussir, se lamenta Guillaume, il va me filer entre les pattes, et maintenant qu'il se sait découvert, il se montrera prudent.

Mais le hasard en décida autrement. Pris dans sa course folle, le professeur n'aperçut pas l'avion qui s'élançait vers lui. Peut-être eut-il le temps de voir le gros oiseau de fer le percuter de plein fouet...

Quand Guillaume et le personnel de l'aéroport arrivèrent jusqu'à lui, il ne restait plus sur la piste qu'une silhouette d'homme écrasée. Bob Marlot déclara d'un ton ironique qui sembla à Guillaume parfaitement déplacé :

– Eh bien ça fera l'économie d'un procès !

Guillaume détourna les yeux de la masse de chair rouge et déclara d'un ton véhément malgré la nausée qui montait :

– Justement ! Moi je voulais qu'il comparaisse, qu'il s'explique devant la justice, et pas ce silence. Je voulais que la ville entière se sente concernée par ce qui arrive. Je voulais venger

Clara, et Laura, et tous ceux qu'il a empoisonnés pendant des années avec sa drogue… je voulais que la vérité éclate au grand jour afin que ça ne recommence plus jamais !

– T'en fais pas, mon petit, j'y veille ! Cette fois-ci, on ne fera pas l'impasse, je t'en donne ma parole.

Le journaliste entraîna le jeune homme vers le hall qui commençait à se vider.

– Je venais juste d'avoir les renseignements, il devait s'envoler pour Francfort, là maintenant, ajouta-t-il en désignant l'avion qui s'apprêtait à décoller. Et ensuite, il filerait pour Caracas ou ailleurs, au bout du monde, comme tant de criminels qui veulent échapper à la justice ! Il devait se dire que rester en France commençait à être dangereux, la lecture de *Meurtre au lycée* a dû lui faire un choc. Il s'est senti démasqué sans comprendre comment ni pourquoi, alors il a joué son va-tout et il s'est enfui. Je parie que le coup de la seringue ce n'était pas seulement pour se débarrasser de Laura, mais c'était aussi une sorte de vengeance. Monsieur le philosophe des beaux quartiers était jaloux !

Il se tut un instant.

– Comme quoi, conclut-il en déverrouillant la portière de sa voiture, il faut toujours parier sur les sentiments les plus simples, les plus primaires, comme la jalousie qui est un excellent levier, le dépit, la rancœur…

– C'était le fric qui le faisait agir, continua Guillaume avec un rictus sur les lèvres, le fric c'est le diable...

Il se tut. Seule importait Laura à présent. Il avait hâte d'arriver à l'hôpital. La nuit était entièrement tombée, et la lune s'annonçait pleine, ronde, arrogante, emplissant le bleu uniforme du ciel. Pas une étoile ne faisait de l'ombre à l'astre. Guillaume imaginait Laura allongée sur son lit, le bras relié au sérum. Pas elle, en plus, supplia-t-il en silence, il suffit d'Agathe ! Elle ne le mérite pas...

Mais qui pouvait mériter de mourir à seize ans ? Qui pouvait mériter de mourir d'avoir écrit ?

L'hôpital semblait désert. Guillaume et son compagnon restèrent plantés un moment devant les ascenseurs qui conduisaient au service de réanimation sans oser appuyer sur le bouton.

Soudain, une des portes s'ouvrit pour laisser le passage à un couple d'une quarantaine d'années. La femme s'appuyait lourdement au bras de l'homme dont le visage accusait la fatigue.

Guillaume reconnut les parents de Laura. Il s'avança vers eux.

– Alors comment va-t-elle ? articula-t-il avec difficulté.

Le père de Laura prit la parole :

– Elle est sortie du coma voici une heure et elle nous a reconnus ! annonça-t-il triomphalement, le médecin nous a juré qu'elle était hors de danger.

Guillaume s'appuya contre le mur. Laura avait émergé du coma au moment même où Gauthier Malvoy se faisait écraser par l'avion. Hasard, coïncidence... Il respira profondément et demanda :

– Elle n'a rien dit, pour son agresseur ?

La mère de Laura eut un faible sourire.

– Elle est encore trop lasse, elle vient de loin vous savez, elle a bien failli ne pas revenir, mais elle a murmuré quelque chose, d'étrange d'ailleurs et que je n'ai pas compris.

– Quoi donc ? demanda le journaliste d'un œil brillant.

– Elle a juste prononcé, avant de refermer les yeux : Le roman dit la vérité. Et elle s'est assoupie paisiblement, comme délivrée. Vous y comprenez quelque chose, vous ?

Eux, ils comprenaient.

L'AUTEUR

Geneviève Senger est née en août 1956 à Mulhouse, par un de ces jours dont l'Alsace a le secret, plein de soleil et de chaleur.
À six ans, à l'école, elle a découvert les livres. Alors a commencé sa passion pour la langue française et elle a su qu'un jour elle serait écrivain. Pourtant, elle a mis longtemps à prendre la plume... peut-être n'osait-elle pas.
Aujourd'hui, elle vit près de Belfort avec ses enfants et ses arbres et elle écrit des livres. Des livres qui naissent de sa mémoire. Des mélanges de fiction et de réalité, de souvenirs et de rêves.

DANS LA MÊME COLLECTION

L'assassin est un fantôme, François Charles
@ssassins.net, Christian Grenier
Carton rouge ou mort subite, P. Barbeau/R. Judenne
Coupable idéal, Jean Molla
L'oiseau de mort du cap Horn, Jean Merrien
L'Ordinatueur, Christian Grenier
Panique aux urgences, B. Aubert/G. Cavali
Un printemps vert panique, Paul Thiès
Simulator, Christian Grenier
La sorcière de midi, Michel Honaker
Week-end mortel, Jean-Paul Nozière

Achevé d'imprimer en France en janvier 2004
sur les presses de l'imprimerie Hérissey
Dépôt légal : 1er trimestre 2004
N° d'édition : 3963
N° d'impression : 96231